KB034467

잃어버린
콩나물을
찾아서

「예술문화총서 10」
잃어버린
콩나물을
찾아서
김창욱 음악에세이
해피북미디어

서문

음악비평이란, 음악작품이나 음악문화 현상에 대하여 그 가치, 우열, 미추 등을 논해 평가하는 글을 말한다. 가치판단을 전제로 한 음악비평은, 그런 까닭에 엄밀(嚴密)하고 정치(精緻)하게 쓰여져야 한다.

그럼에도 불구하고, 오늘날 음악비평은 지나치게 딱딱하고 규범적이어서 수용자 대중과의 적극적인 소통과 공감이 즐겨 이루어지지 않는 것도 사실이다. 이에, 저자는 『잃어버린 콩나물을 찾아서』를 통해 부드럽고 말랑말랑한 에세이적 비평, 혹은 비평적 에세이를 선보이고, 이전과 다른 음악비평의 새로운 지평을 열어 보고자 한다.

『잃어버린 콩나물을 찾아서』는 전 3부로 구성된다.

제1부 「일기」는 2007년 〈부산일보〉에, 제2부 「음악의 날개」는 2006년 〈국제신문〉에 각각 연재했던 글이다. 그리고 제3부 「나를 적시고 간 노래들」은 2017년 인터넷신문 〈인저리타임〉에 '삶과 생각: 음악풍경'이라는 타이틀로 연재했던 글임을 미리 밝혀둔다.

2023년 5월에

김창욱

{ 차례 }

제2장 음악의 날개

제1장

일기

♪

이 장에 실린 글은 2007년 <부산일보>에 '일기'라는 타이틀로 연재했던 것이다. 기꺼이 지면을 할애해 주신 당시 김마선 음악담당 기자께 깊이 감사드린다.

○ 생활의 즐거움

어느 일간지 문화부에서 전화가 왔다. '스리슬쩍' 얼굴 한 번밖에 본 적이 없는 음악 담당 기자가 대뜸 내게 원고를 청탁했다. 200자 원고지 3장짜리 '일기'가 1달간 연재되는데, 여기에 글을 좀 써 줄 수 있느냐는 거였다. 청탁은 친절했고, 무엇보다 적지만 원고료가 '있다'는 말이 나를 감동시켰다.

사실 나 같은 대학의 시간강사는 천하가 다 아는 '일용잡급직'이다. 깔끔한 양복에 넥타이를 매지만, 신분은 구내 청소 아줌마와 별반 다르지 않다. 게다가 1년의 절반은 집에서 논다. 시쳇말로 백수는 백수로되, 반백수라 위안을 삼아야 할까? 요즘처럼 불러주는 곳

없는 방학 때는 늘 창문 열고 드러누워 빈둥거리는 일이 정녕 상책이라 하리라.

이렇듯 고요한 마음에 적잖은 파문을 일으킨 원고 청탁은 가난한 음악문사(音樂文士)인 내게 실로 감읍(感泣)한 일이 아닐 수 없었다. 더구나 내게 원고를 의뢰한 곳은 문턱 높기로 유명한 신문사가 아니던가!

아직도 귀에 쟁쟁한 그 '원고료'가 들어오면, 기자와 손 맞잡고 자갈치로 냅다 달려가리라. 가서, 심해의 어족(魚族)들을 불러 모아 마침내 콧등에 불을 밝히리라.

○ 유치원에서

둘째 딸이 다니는 유치원에서 아빠 참관수업을 한다는 전갈을 받았다. 평소 바빠서 짬을 내기 어려운 아버지들을 불러 모아 모처럼 아이와 함께 놀아보자는 게 취지였다. 아이와 손잡고 유치원으로 향했다. 지척인데도 늦었다. 예닐곱의 아버지들이 벌써 자리를 차지했고, 예닐곱 아이들의 올망졸망한 눈망울이 나를 치어다봤다. 나는 반짝이는 그들의 눈을 피해 가까스로 빈 공간에 자리를 잡았다. 선생님의 지시를 좇아 우리는 낚시놀이, 제기차기, 팔씨름 따위로 시간을 보냈고, 먹성 좋은 '뚱땡 공주'를 안아주다 기우뚱, 하마터면 앞으로 엎어질 뻔하기도 했다. 아이들의 해맑은 노랫소리와 웃음소리가 연신 방 안을 가득 채웠다. 그것은 마치 풍선 같기도 하고, 물보라 같기도 했다.

나도 저만한 때가 있었지. 방바닥을 구르며 세상 모르고 놀던 그 시절. 그러다 공부도 하고, 일도 하고, 연애도 하고, 결혼도 하고 힘 좋아 아이 셋이나 낳았지. 그러면서 부끄러움과 염치를 알게 되고, 도덕과 윤리도 알게 되었지.

초롱 같다던 눈망울은 어느새 자꾸만 흐려져 가고 불현듯 내가 마흔을 넘겼다는 사실을 겨우 깨달았지. 살아온 나날보다 살아갈 시간이 더 짧은 지금, 아! 다시금 돌이킬 수 없는 내 어린 날들이여.

○ 휴가 안 가세요?

지루하던 장마가 멈칫했다. 이제 곧 불볕더위가 닥쳐 올 모양이다. 때 맞춰 여기저기 만나는 사람마다 인사말이 요란하다. 얼마 전까지만 해도 "부자되세요", 혹은 "좋은 하루 되세요"라는 말이 유행이더니, 요즘은 "휴가 안 가세요?"가 압도적이다. 심지어 어떤 이는 휴가 가는 일이 너무나 당연한 것이라고 지레짐작하는지 "올 휴가 어디로 가세요?"라며 한술 더 뜬다.

TV나 신문, 신문 속지에 끼워진 광고물조차 덩달아 난리다. 시원한 여름 연인과 함께, 바캉스 파격세일 30~50%, 여행 패키지, 해수욕장 베스트, 아이스박스 무료, 비키니 공짜 등등. 마치 집을 나서서 종횡무진 어디론가 떠나지 않으면 안될 것 같다. 하다못해 가까운 낙동강 하류에라도 쪼그리고 앉아야 안심이 될 듯하다.

따지고 보면, 휴가(休暇)란 반드시 어딘가로 떠나야 하는 것은 아니다. 쉬거나(休) 여유있게 지내면(暇) 모두 휴가인 것이다. 그런 까닭에 '휴가를 가다'나, '휴가를 떠나다'는 말은 다소 적확하지 않는 측면이 있다. 어딜 가거나, 떠남으로써 오히려 피로와 짜증이 누적되는 경우가 얼마나 많은가?

○ 49재에 가서

'고추친구'가 아내의 영가(靈駕)를 안치한 사찰에서 49재를 지냈다. 49일째 되는 막재에는 몇몇 벗들도 참례했다. 친구의 얼굴은 여전히 창백했고, 그간 마음고생으로 다소 수척한 모습이었다. 달랑 하나뿐인 초등 6학년짜리 아들이 쪼르르 달려와 인사했다. 의외로 밝은 표정이어서 퍽 다행스러웠다.

필부필부(匹夫匹婦)의 가정에서 태어나 필부필부의 가정을 꾸민 친구 내외는 오늘을 살아가는 여느 소시민들처럼 바지런했다. 친구는 아파트 공사장 전기배선 일을 했고, 아내는 어느 중소기업의 늦깎이 경리로 취직했다. 불확실성의 시대, 그러나 그들은 내일을 확신

하며 주말부부도 마다하지 않았다.

그러던 어느 날, 친구의 아내는 불귀(不歸)의 객이 되어버렸다. 교통사고였다. 놀라움과 허망함이 와락 밀려왔다. 장례식장에 들렀을 때 친구는 빛 잃은 얼굴로 조문객을 맞았다. 너무나 갑작스러운, 그리고 너무도 때 이른 친구 아내의 죽음 앞에서 모두들 침묵했다. 대체 무슨 말을 할 수 있으랴.

막재를 마치고 우리는 제각각 삶의 터전을 향해서 헤어졌다. 성(聖)에서 속(俗)으로 이어지는 길목에서 모두를 하얀 손을 흔들었다. 그러나 친구에게 하고 싶었던 위무(慰撫)의 그 한마디는 끝끝내 떠오르지 않았다.

○ 살맛

얼마 전 평가단의 일원으로 제31회 가야문화축제에 참여했다. 평가보고서 작성은 물론이고 브리핑도 깔끔하게 끝났다. 이제 남은 것은 평가단의 참여 정도에 따라 용역비를 나누는 일, 나는 여기서 모처럼 적잖은 돈을 손에 쥘 수 있었다. 그것은 오직 나의 참여도를 높이 평가해 준 평가단장님의 은총 덕분이었다.

내 이름이 적힌 봉투 속에는 빳빳한 수표들이 가쁜 숨을 몰아쉬고 있었다. 그들은 어서 밖으로 뛰쳐 나오려 안달하였고, 바삐 술집으로 가자고 나를 충동질해댔다. 나는 그들에게 조금만 참으라고 봉투 입구를 꾹 눌렀다.

수표의 끈질긴 유혹에도 불구하고, 봉투를 고스란히 집으로 가져왔다. 그리고 그것을 호기롭게 아내의 무릎에 던져주었다. 궁핍한 아내의 눈빛이 이내 반짝였다. 나는 마치 영웅이나 장군이 된 양 사지를 쭉 뻗고 간밤을 썩 훌륭하게 지새웠다.

눈을 떠 보니 부엌에서 달그락거리는 소리가 요란하다. 평소 아이들을 시켜 "아빠 밥 먹으라 해!"라고 하던 아내의 말투가 어느샌가 "아빠 식사하러 오시라고 해!"로 바뀌어 있었다. 차려진 밥상은 한 상 그득했고, 그것은 어동육서(魚東肉西)나 홍동백서(紅東白西)처럼 가지런했다. 그 순간, 나는 살맛이 났다.

○ 통 큰 큰형님

요 며칠은 과연 여름 날씨다웠다. 낮에는 땡볕에 숨이 막히고 밤에는 열대야로 전전반측했다. 엊그제 강서구 대저동 본가에 잠시 들렀더니, 거실에는 여지껏 못 보던 물건이 떡 하니 버티고 서 있었다. 에어컨이었다. 그것도 유명 메이커의 최신형이었다. 어르신들이 전기료 아낀다고 가동하지 않던 그것을 나는 아낌없이 틀어댔다. 그리고 한동안 냉방에서 늘어지게 낮잠을 잤다.

어머니한테 여쭤보니, 큰형이 사 주었다고 한다. 아버지가 더위로 좀처럼 잠을 못 이룬다는 어머니의 말에 큰형이 전격적으로 들여 놓았다는 것이다. '역시 통 큰 큰형님이로다!' 그다지 윤택하지 않은 살림살이에도 어르신들께 그토록 지극정성이니, 큰형은 통만 큰 게 아니라 마땅히 효자 중 으뜸 효자라 하리라.

하지만 사달이 나고 말았다. 형수 몰래 본가에 에어컨을 들여 놓은 큰형의 선행이 곧 탄로난 것이다. 어머니가 안부전화를 해온 형수에게 자초지종을 밝힌 까닭이었다. 형수는 선행에도 불구하고, 자기와 한마디 상의도 없이 혼자서 일을 처리한 남편이 못내 마뜩잖았다. 장남으로 살아가기 어려운 대한민국에서 언제나 무소의 뿔처럼 혼자 가는 큰형님, 통 큰 내 큰형님.

○ 20년 후

대학 동기모임에 나갔다. 졸업 후 꼭 20년 만이다. 가벼운 긴장감과 설렘이 뭉게구름처럼 피어났다. 해맑던 선남선녀의 모습은 다들 어떻게 변했을까? 바이올린을 켜던 얼짱 처녀는 잔주름이, 내 사랑의 고백에 단박 딱지를 놓은 그 피아니스트 처자는 나올까, 안 나올까?

한때 청춘 남녀들이 비로소 한자리에 모였다. 옛날의 부끄러움과 수줍음은 깡그리 사라졌다. 대신 약간의 서먹함과 어색함이 주위를 감돌았다. 그러나 분위기는 금세 무르익었다. 클라리넷을 불던 영이는 지역 프로악단의 어엿한 수석 자리를 차지하고 있었고, 경아는 대학교수와 결혼하고 똑똑한 아이 둘 낳아 중국 유학까지 시켰단다.

얼마나 지났을까? 술잔 부딪치는 소리가 잦아들면서 차츰 고요가 찾아왔다. 누구는 피아노학원을 접고 피자가게를 열었단다. 누구는 이혼의 위기와 아픔을 말했고, 백혈병으로 어린아이를 잃은 또 누구는 한동안 참척(慘慽)의 고통을 이야기했다.

결코 짧지 않았던 20년 세월 속에 묻어둔 지난날의 희로애락. 결단코 우리를 기다려주지 않을 시간, 20년 후 돌이켜 그리워할 오늘의 희로애락.

○ 이런 음악회

음악이 갈수록 쇠퇴하고 있다. 이목구비를 유쾌하게 하는 멀티미디어 시대에, 음악은 귀만 즐겁게 하기 때문인지도 모른다. 그래서일까? 내가 관계하는 오케스트라는 창단된 지 10년이 지났지만 아직 제자리를 잡지 못하는 형편이다. 이제 악단은 예술을 위한 공연에만 머물러서는 안 되며, 사회가 필요로 하는 곳이라면 어디든 거침없이 달려가야 한다. 결혼식장이나 기념식장, 심지어 장례식장까지도.

하여, 그 첫 시도로 오케스트라는 얼마 전 아버지 칠순잔치에 달려갔다. '황혼의 노래-○○○ 선생 고희 기념음악회'에 참여하기 위해서다. 오스트리아에서 13

년 간 공부한 지휘자, 400여 회의 무대경험을 가진 성악가, 그리고 사회자 · 편곡자 등이 무대를 꾸몄다. 레퍼토리도 20대부터 70대까지 수용자의 눈높이에 맞춰 클래식 기악곡뿐만 아니라 민요 · 가곡 · 아리아 · 가요 · 영화음악 등을 적절히 안배했다.

잔치에 참가한 대부분의 사람들은 이런 음악회가 난생처음이었다. 공연이 끝나고 어떤 이는 "음악이 이렇게 좋은 줄 몰랐다", "너무나 감동적이었다"며 극찬했다. 어떤 이는 눈물까지 글썽이며 찬탄하기도 했다. 그리고 또 누군가는 내게 이렇게 말했다. "화류계에서 20년 살더니만, 쓸 만하군!"

○ 놀토음악회

얼마 전부터 나는 을숙도문화회관이 주최하는 놀토(노는 토요일) 음악회 '토요뮤직점프'의 기획자로 참여하고 있다. 세계적인 철새 도래지에서 향긋한 음악의 아침을 여는 이 공연에는 사하구에 사는 학생과 학부모들이 주로 온다.

나는 그들의 눈높이에 맞춰 되도록 대중적인 애니메이션 음악, 동요와 가곡, 영화와 뮤지컬 음악 등을 레퍼토리로 준비한다. 그리고 좀 더 효율적이고 지속적으로 운영하기 위해서 전속 해설자 및 편곡자, 바이올린 · 첼로 · 피아노로 구성된 작은 규모의 앙상블 '가마'를 만들었다. 덩치는 작지만, 이로써 '언제나, 어디서나,

어떤 음악이든!' 수용자 대중과 자유롭게 소통할 수 있게 되었다.

그 때문일까, 연주 때마다 소공연장 240여 석이 빼곡히 들어차고, 자리가 모자라 입석으로도 입장하지 못하고 모처럼 옮긴 어려운 걸음을 되돌리는 손님도 적지 않다. 그래서 이제 700여 석의 대공연장으로 무대를 옮기기로 했다.

그러나 문제가 없지는 않다. 제한된 지원금을 아무리 쪼개도 연주자들에게 돌아가는 노력의 대가가 턱없이 부족하다. 청컨대 관장님, 구청장님, 그리고 구의원님들! 풀뿌리 지역문화를 위해 '화끈하게' 한 번 투자하시면 안 될까요?

○ 수상쩍은 일기

세찬 비바람이 몰아쳤다. 천둥과 번개에, 벼락이 수직으로 내리꽂혔다. 갑자기 불안해졌다. 남몰래 지은 죄가 없지 않기 때문이다. 내가 만약 하느님의 진노에 포박된다면, 아내는 막내를 들쳐 업고 두 아이를 걸리며 행상에 나서야 한다.

아닌 게 아니라 오늘날 우리는 먹고살기의 어려움과 함께, 이상기후에 따른 두려움에 봉착해 있다. 폭염과 폭우, 폭설은 어제오늘의 일이 아니고, 경계가 뚜렷하던 사계절이 어느 순간 이(二) 계절로 줄어들었다. 개나리가 가을에 피고, 철없는 코스모스가 여름날 담벼락에서 피어난다. 아직 동면해야 할 개구리도 철딱서니

없이 튀어나온다.

전남 장성에서는 사과가 열리지 않고, 광주에서는 동물들이 새끼를 배지 않는다.

이제 여름철 모기를 겨울에도 심심찮게 볼 수 있다. 그들은 이미 옛날의 그 정겨운 모기가 아니다. 허우적거리면 손쉽게 잡혀주던 그것은 어느새 파리의 날쌘 용맹성으로 중무장해서 진화된 지 오래다. 강서구에 있는 본가에 가면, 내성을 기른 멸구나 나방이 벼논에 들끓고, 예전에 없던 어종도 쉬이 볼 수 있다.

'우리'라고 불리는 그것은 미꾸라지 머리에 뱀꼬리 형상을 하고 있는데, 공격성이 어찌나 강한지 논두렁을 뚫어대서 골칫거리다. 뇌성벽력은 멈췄지만 나는 여전히 불안했다.

○ 찾아가는 음악회

요즘 '찾아가는' 음악회가 유행이다. 공원 · 학교 · 병원 · 교정시설 · 군부대 · 아파트 · 양로원 · 고아원 · 지하철 등 사람이 모이는 곳이라면 어디든 판이 벌어진다. 이 같은 이동성 공연은 "음악을 들으려면 와서 들어라"며 팔짱을 끼고 청중을 기다리던 지난 시절에 비하면 실로 격세지감을 느끼게 한다.

연주단체들이 앞다퉈 청중을 찾아가는 것은 매우 훌륭한 일이다. 고단한 삶을 사는 오늘날 보통 사람들에게 적잖은 마음의 위로가 될 수 있기 때문이다. 도서벽지나 농어촌 등 문화적 인프라가 갖춰지지 않은 곳과 재활원 · 요양원 · 보육원 · 교정시설 등 문화적으로 소외된 곳을 애써 찾아가는 행위는 어찌 보면 숭고하기까지 하다.

때를 같이해서, 근래 대형병원에서도 찾아가는 음악회를 여는 경우가 부쩍 늘었다. 불안하고 권태로운 환자와 그 가족들에게 심리적 위안과 편의를 제공한다는 점에서 이 역시 훌륭한 일이다.

그렇지만 한 가지 짚고 싶은 게 있다. 돈 많은 기업형 병원에서 찾아가는 음악회를 공짜로 여는 건 심히 불온하다. 연주자들이 편의와 심리적 위안을 제공하기 위해 손님들을 공짜로 모시고 있는 동안 병원은 오히려 더 큰 돈을 모으고 있지 않은지 되돌아볼 일이다.

○ 성철이라는 사람

밤 12시가 다 돼서 전화벨이 울렸다. 화들짝 놀라 수화기를 들었다. 인코리안심포니의 악장 겸 실질적 단장인 정성철 씨였다. 의논할 일이 있으니 지금 당장 좀 만나고 싶다는 거였다. 그는 대연동에서 하단까지 한달음에 뛰어왔고, 새벽녘까지 장장 수삼 시간에 걸쳐 상의했다. 말이 상의였지, 실상 그는 자신의 고민과 푸념만 늘어놓았다. 그가 살아온 음악적 역정을 잘 아는 나로서는 잠자코 듣고 앉았을 수밖에 없었다.

지난 96년, 그는 연주자들을 끌어모아 앙상블을 만들었다. 여기서 그는 연습실 임차료와 관리비는 물론, 적잖은 연주회 경비 일체를 책임졌다. 단원들에게 소액의 연주료를 지급하면서 카드대출과 사채 빚도 늘어났다. 연습실은 단전 · 단수되기 일쑤였고 비치된 악기에는 차압딱지가 즐겨 붙었다.

10년 후 악단은 사단법인 인코리안심포니로 거듭났다. 그렇지만 그의 책임은 오히려 무거워졌다. 그는 자신의 유일한 벌이인 개인레슨에 하루 10시간 이상 꼬박 매달려도 아직 수천만 원에 이르는 빚이 줄어들지 않는다고 했다. 문화의 시대니, 메세나 운동이니 말은 많지만, 여전히 그의 악단과는 인연이 멀어 보인다. 그래서 아직 자기 이름으로 된 통장 하나 없는 사람, 바보 정성철.

제2장

음악의 날개

♪

이 장에 실린 글은 2006년 <국제신문>에 '김창욱의 음악의 날개 위에'라는 타이틀로 연재했던 것이다. 기꺼이 지면을 할애해 주신 당시 조송현 문화부장께 깊이 감사드린다.

○ 지휘자 양반, 다리 좀 치워주시오!

오케스트라에서 지휘자는 음악적 의례를 위한 사제(司祭)이며, 그가 휘두르는 지휘봉은 그 권위를 상징한다.

연주회가 열리기 전, 서로 이름도 성도 모르는 청중들이 약간의 소란을 피우면서 객석에 자리를 잡는다. 이 무렵 오케스트라 단원들이 차례로 무대 위에 오른다. 다소간 시끄러운 연습절차가 끝나면 이윽고 악장이 입장하고, 그의 지시에 따라 조율이 끝나면 마침내 연미복을 차려입은 지휘자가 무대에 등장한다. 그가 지휘봉을 드는 순간, 엄숙한 음악적 의식이 거행된다. 객석에서의 모든 잡담이나 유희도 이제 그 성스러운 '예배

의식'을 방해하는 악마적 존재가 된다.

지휘자가 번쩍 치켜 든 지휘봉은 마치 칼이나 창을 닮아 있다. 그는 지휘봉을 들고 찌르고 자르며, 때로는 내리꽂는다. 이러한 모습은 토스카니니나 카라얀처럼 독재형 · 군림형 · 카리스마형 지휘자에게서 쉽게 찾아볼 수 있다. 어쩌면 그런 것이 전형적인 지휘자의 이미지이며, 청중을 열광의 도가니로 빠뜨릴 수 있는 지휘자의 매력이자 마력인지도 모른다.

화려한 무대, 마술처럼 현란한 지휘술 때문일까. 오늘날 부산에는 지휘자를 꿈꾸는 이들이 적지 않으며, 연주회마다 새로운 지휘자의 등장을 어렵지 않게 목격할 수 있다. 지휘자가 많아지면 자연히 연주회 횟수도 늘어나기 마련이고, 그것은 풍성한 음악문화를 꾀할 수 있다는 점에서 퍽 긍정적인 측면이 있다.

그러나 지휘자가 많아서, 아니 제대로 된 지휘자가 없어서 오히려 탈이 생기는 경우도 가끔씩 보게 된다. 일정한 수련기를 거치지 않은 얼치기 지휘자들 탓에 음악의 맛과 멋이 덜해지기도 하고, 그런 까닭에 연주회 밖으로 청중을 내모는 결과를 가져오기도 하기 때문이다. 문득 오래전에 원로께 들었던 에피소드가 떠오른다.

때는 1950년대 한국전쟁 시기였다. 문화중심지 부산에서는 전쟁통에도 불구하고, 이따금 음악회가 열리곤 했다. 정규 공연장이 없었던 까닭에 예식장이나 극장, 학교강당 등이 주로 연주무대로 사용되었다. 지금처럼 연주회가 자주 열리지는 않았으나, 달리 즐길 만한 문화가 없었으므로 공연장에는 연주회 때마다 청중들이 구름떼처럼 몰려들었다.

어느 날, 관현악 연주회가 열렸다. 무대에는 연주자들이 하나둘 자리를 잡았고, 마침내 지휘자가 등장했다. 제비꼬리를 한(연미복을 입은) 지휘자의 위풍당당한 등장에 장내는 그를 반기는 박수갈채가 쏟아졌다. 의기양양한 지휘자는 짐짓 근엄한 표정을 지으며, 가능한 멋진 포즈로 지휘를 시작했다. 오케스트라의 풍부한 음향이 장내를 가득 메웠고, 청중은 귀를 쫑긋 세워 음악에 침묵했다. 그때였다. 무대 아래에 옹기종기 앉아 있던 몇몇 가운데 하나가 갑자기 일어나서 소리쳤다.

"지휘자 양반, 제발 그 다리 좀 치워 주시오!"

그는 단상의 지휘자 다리 사이로 연주 모습을 구경하던 관객이었다. 자신의 눈앞에서 지휘자 다리가 자꾸만 왔다 갔다 하는 통에 구경거리에 차마 몰두하지 못하겠다는 것이었다. 기실 그 관객은 음악을 듣기보다 현악기 주자의 활 켜는 솜씨를 더 보고 싶었으리라.

그로부터 반백 년이 지난 오늘 부산의 음악환경은 너무나 많이 변했다. 무엇보다 다양한 악곡들을 폭넓게 연주할 수 있는 오케스트라가 많아졌고, 그들의 연주를 청취하고 그 역량을 평가할 수 있는 '귀명창'이 많아졌다. 그것은 웬만한 연주력으로는 박수는커녕 손가락질을 받을 가능성이 매우 커졌다는 사실을 뜻한다. 지휘자가 어설프게 카라얀 흉내를 내다간 '다리를 치워 달라'는 요구를 넘어 '무대를 내려와 달라'는 고함소리를 듣게 되지 않으리라고 누가 장담하겠는가.

○ 인기 악기와 비인기 악기

오케스트라 연주회에 가보면 다양한 악기를 만날 수 있다. 문지르고 불고 때려서 소리를 내는 이들은 제각각 연주방식이 다르지만, 그 궁극적 이상은 너무도 자명하다. 그런 점에서 비록 소리와 형태가 달라도 어느 하나 소중하고 가치롭지 않은 것이 없다.

그러나 현실은 그렇지 않다. 이들 가운데는 매우 인기 있는 악기가 있는가 하면, 전혀 그렇지 않은 악기도 있다. 가령 현악기를 보자.

바이올린은 폭넓은 강약의 변화, 풍부한 표현력, 짙은 호소력은 물론, 넓은 음역에서 한결같이 유지되는 음질 또한 탁월하다. 화려한 음색과 눈부신 기교, 드라마틱한 열정과 뼈에 사무치는 서정성은 가히 '악기의 여왕'이라 일컫기에 손색이 없다. 그런데 바이올린의 할아버지 격에 해당되는 콘트라베이스는 다르다. 따스한 음색, 풍부한 표정, 중후하고 웅장한 음향에도 불구하고 이를 찬미하는 언설은 찾아보기 어렵다.

이 같은 현상은 다른 악기에서도 비슷하게 나타난다. 예컨대 플루트는 대단히 인기 있는 악기다. 이에 비해 음악의 극적 효과를 위해 없어서는 안 될 트롬본이나 튜바 같은 악기는 인기는커녕 좀처럼 주목받지 못하는 아웃사이더다.

그러고 보면, 인기 악기와 비인기 악기의 구분은 비단 음색이나 음향 때문만은 아닌 듯하다. 오히려 음악의 독주선율을 어떤 악기가 담당하느냐, 혹은 그것이 어느 정도 매력적인 외형을 가졌는가와 관련이 있어 보인다. 바이올린의 잘록한 외형은 미인의 여체를 닮았고, 순은빛 찬란한 플루트는 금세라도 하늘을 날아오를 듯한 날렵한 몸매를 가졌다. 배우 이영애가 TV 아파트 광고에서 다름 아닌 플루트를 부는 것도 바로 그러한 까닭일 것이다. 만약 그녀가 거친 호흡으로 튜바를 끌어안고 씨름하는 모습을 상상해 보라.

인기 악기와 비인기 악기는 그 크기와도 상관된다. 바이올린이나 플루트는 아담한 사이즈의 가방 안에 담겨 연주자가 목적하는 어디든 쉽게 옮겨 다닐 수 있다. 아울러 이들이 담긴 악기 케이스를 들고 가볍게 걸어가는 연주자의 뒷모습조차 더없이 매력적이다.

그러나 투박한 생김새의 콘트라베이스나 튜바 같은 악기는 여간해서 옮겨 다니기도 어렵다. 콘트라베이스 연주자는 자신의 악기를 옮기기 위해서 반드시 택시를 잡아야 하며, 요금도 '따블'로 물어야 한다. 그럼에도 정작 악기에게 공간을 점령당한 주인은 비좁은 자리에 겨우 구겨져 앉아야 한다. 그렇지 않으면 적잖은 비용을 지불하고 트럭을 빌려야 하기 때문이다. 또한 서슬 퍼런 80년대 튜바 연주자는 케이스 속 악기를 불법 무기로 오인한 경찰로부터 심문당하기 일쑤였다.

더욱이 이들은 연주자로서 그 역량 못잖게 덩치 크고 무거운 악기와의 버거운 씨름에서 이길 수 있는 어깨와 힘을 가져야 한다. 튜바를 불던 한 연주자가 허리 디스크에 걸리는 바람에 부득이 전공을 바꿨던 사실이 그 증좌(證左)다.

나아가 인기 악기와 비인기 악기는 레슨시장에서도 그 차이가 현저하다. 바이올린과 플루트는 초등학교 방과후 수업은 물론, 개인레슨에서도 시쳇말로 대단히 잘나가는 악기다. 반면 콘트라베이스 · 트롬본 · 튜바는 배우려고 하는 학생이 매우 드물거나 아예 없는 경우도 허다하다. 그러다 보니 어떤 악기를 전공하느냐에 따라 연주자들의 수입도 엄청난 차이를 보일 수밖에 없다. 취미건 전공이건 특정한 인기 악기 쪽으로 사람들이 쏠리는 현상은 바로 이 같은 현실적인 이유와 무관치 않다.

그러나 생각해 보라. 콘트라베이스나 튜바와 같은 이른바 비인기 악기 연주자가 사라진다면, 그래서 오직 바이올린이나 플루트만으로 연주하는 음악이라면 그 얼마나 무미건조하며, 그 얼마나 끔찍할 것인가.

고독한 콘트라베이스 연주자여, 그리고 튜바 연주자여. 아니, 모든 비인기 악기 연주자들이여! 그대들이 없다면 이 세상 어떤 음악의 즐거움도 있을 수 없나니, 부디 힘을 내시라.

○ 악당의 출현

부산에서 가장 오랜 역사를 가진 민간 오케스트라라면 단연 부산관현악단이 손꼽힌다. 과거 숱한 오케스트라가 거창한 명분 아래 결성되었지만, 창단연주회가 곧 해단연주회가 되는 경우가 한둘이 아니었다. 이런 전례에 비추어 부산관현악단은 척박한 토양을 일구며 명맥을 이어온 민간 교향악운동의 산 역사라 할 만하다.

1978년 3월, 신라대 유호석 교수의 주도로 창단된 부산관현악단은 지난 2003년 11월 제50회 정기연주회를 끝으로 25년간의 긴 여정을 마무리할 수밖에 없었다. 재정 문제 때문이었다. 그러나 악단은 그동안 매년

빠짐 없이 두 차례의 정기연주회를 가졌다. 뿐만 아니라 청소년을 위한 음악회를 통해 역량 있는 신인들을 발굴, 협연무대를 제공하는가 하면, 재부 작곡가들의 신작을 초연함으로써 지역 창작음악 활성화에도 이바지한 바 적지 않다.

산이 높으면 산 그림자도 길듯이 역사가 깊으면 곡절도 많은 법이던가. 아마도 10년은 지난 일이리라. 부산관현악단의 연주회가 열리던 어느 날이었다. 오후 4시가 되자 공연장소인 부산시민회관 대강당으로 연주자들이 하나둘 모여들기 시작했다. 저녁 7시 30분의 본 연주를 위한 리허설 때문이었다. 모두들 제자리를 잡고 튜닝을 끝냈다.

이윽고 지휘자가 등장했다. 지휘자의 지시에 따라 서곡에서부터 협주곡에 이르기까지 당일 연주곡을 차례로 훑어내렸다. 연주 직전, 다시 없을 최종 연습이기에 지휘자는 물론 단원들은 어느 때보다 열심히 리허설에 임했고, 협연자들의 표정도 사뭇 진지했다.

두어 시간이 지났을까. 마침내 총 연습은 깔끔하게 갈무리되었다. 파이팅을 외친 연주자들은 악기를 챙겨 각자 자리를 털고 일어섰다. 그때였다. 갑자기 단원 가운데 하나가 소리쳤다.

"저것 좀 봐!"

그가 가리킨 곳은 무대 위에 설치된 현수막이었다.

"도대체 뭔데?"

누구라 할 것 없이 고개를 치켜들고 그가 가리킨 쪽을 올려다보았다. 거기에는 대단히 유려한 글씨체로 다음과 같이 쓰여 있었다.

'부산관현악당 ○○연주회'

큼직한 붓글씨였다. 그리고 그 아래에는 조금 작은 글씨로 다음과 같이 쓰여 있었다.

'출현 : ○○○ ○○○ ○○○'

그 말대로라면 당일 시민회관 무대에 '악당'이 '출현'하는 셈이었다. 연주자들은 한결같이 낄낄거리며 손가락질을 해대고, 지휘자는 "누가 이따위 장난을 친 거냐?"며 담당자인 장극태 총무를 불러 타박했다.

요즘에야 현수막이 컴퓨터 실사 출력으로 간단히 제작되지만, 당시에는 업체에서 페인트 통을 들고 사람이 나와 내용을 직접 붓으로 써서 만들었다. 제작비도 오늘날 7~8만 원 정도에 비해 당시는 20만 원이 넘었다. 적잖은 비용에도 불구하고 업체에서 이런 실수를 하다니, 총무는 불현듯 화가 치밀어 올랐으나, 무엇보다 현수막을 끌어내려 다시 손보는 일이 급선무였다.

남포동 제작업체에 부랴부랴 연락을 취했다. 핸드폰이 거의 없던 시절이라 부득이 공중전화통을 부여잡았다. 그런데 업체 전화는 신호음만 울릴 뿐 응답이 없다. 어느덧 저녁 6시를 훌쩍 넘겼다. 연주 때까지는 1시간도 채 남지 않았다. 설령 업체에서 사람이 나온다 해도 시간이 빠듯했다. 에라, 모르겠다. 간판을 내린 총무는 떨리는 손으로 글자를 고치기 시작했다. '당'의 'ㅇ'과 '현'의 'ㅎ'에 흰색을 덧칠하기도 하고 검은색 싸인펜으로 글자형을 약간 바꾸기도 했다.

곧 연주가 시작되었고, 총무는 허기진 배를 움켜잡고 무대에 올라야 했다. 그런데 객석 여기저기서 키득거리는 소리가 들려왔다. 나름대로의 눈속임에도 불구하고, 흐릿한 글씨는 여전히 '악당'의 '출현'으로 보였기 때문이었다.

그러고 보면, 악단 총무는 민간 오케스트라의 운명

과 닮아 있다. 늘 바쁜 것도, 늘 할 일이 많은 것도, 늘 욕을 먹는 것도, 늘 굶주리는 것도 닮았다. 그러면서 끝내 음악을 버릴 줄 모르는 것까지도 그 둘은 너무나 똑같이 닮아 있다.

○ 목사님의 금일봉

자고로 서양음악은 교회와 불가분의 관계를 맺고 있다. 음악은 '하나님'의 창조물일 뿐만 아니라, 그분을 기쁘게 하고 그분에 대한 찬양을 아름답게 만들며, 복된 자(신자)들의 기쁨을 증가시키기 때문이다.

5~6년 전 어느 저녁, 부산 구서동 두실의 한 교회에서 음악예배가 열렸다. 초청된 악단은 부산스트링스 챔버오케스트라(단장 정성철, 인코리안심포니오케스트라의 전신). 음악예배에는 그 교회 신자와 목회자는 물론 이를 축하해 주기 위해서 먼 걸음을 한 다수의 부산 · 경남지역 목회자들도 참여했다. 다행히 행사는 매우 성공적으로 끝났고, 참관자들의 만면에는 희색이 그득했다.

그중 목사님 한 분이 조심스레 단장을 찾았다. 그는 자신을 양산의 어느 시골교회 목회자라고 소개했다.

"오늘 연주는 너무나 감동적이었습니다. 음악으로 이처럼 충만한 은혜를 받기는 처음입니다. 언제 저희 교회에 와서 우리 형제 자매들에게도 이런 은혜를 베풀어 주시면 더없이 고맙겠습니다."

목사님의 간청은 정중하고도 완곡했다. 단장은 목사님의 연주 의뢰를 흔쾌히 수락했다.

"그런데 악단 사례비는 어느 정도 준비하면 될까요?"

목사님이 말했다.

"교회라 많이는 받지 못하겠습니다만, 그래도 일당 5만 원 정도는…."

단장이 말했다.

단장은 26명으로 구성된 악단을 이끌고, 모월 모일 모시에 양산의 그 교회를 찾아가기로 약속했다.

연주 당일, 교회 입구에는 커다란 플래카드가 바람결에 나부꼈고, 거기에는 '환영 부산스트링스챔버오케스트라 초청 음악예배'라는 글귀가 큼지막하게 쓰여 있었다. 단원들은 너나 할 것 없이 가슴이 벙긋 부풀어 올랐다.

마침내 연주시간이 되었다. 제각각 악기를 꺼내 들고 자리를 잡았다. 음악이 연주되자, 객석은 쥐 죽은 듯 조용했다. 특히 신청곡을 받아서 즉흥적으로 연주한 오케스트라 편곡 찬송가는 신자들의 열광적인 반향을 이끌어 내기에 충분했다.

연주회가 끝난 뒤 교회는 성대한 리셉션을 마련해 주었다. 목사님이 좌중을 살피며 인사말을 전했다.

"오늘 우리는 감동적인 음악으로 하나님의 축복과 은혜를 받았습니다. 수고해 주신 여러분들께 깊이 감사드립니다." 신자들의 열렬한 박수와 환호가 터져 나왔다. 이윽고 목사님이 흰색 봉투를 꺼내 단장에게 건네면서 말했다.

"사례가 적습니다만, 우리 교회의 정성입니다. 받아 주십시오."

그런데 단장이 받아 든 봉투의 촉감이 왠지 얇고 가벼웠다. 의아한 마음이 들었으나, 다음 순간 그런 마음이 깡그리 사라졌다.

'아, 목사님께서 사례비를 수표로 주시는구나.'

교회 사람들과 인사를 나누고 돌아오는 길은 유쾌했다. 두엄 더미의 내음새도 오히려 향긋했다.

이제 목사님께서 주신 봉투를 개봉할 때가 왔다. 단원들의 눈빛이 잠시 빛났다. 은혜 받은 형제자매가 많았기 때문에 목사님께서 한 장 더 넣었을지도 모른다. 잠깐 침묵이 흐르는 사이, 침을 꿀꺽 삼키는 사이 마침내 봉투가 입을 벌렸다.

그런데 이럴 수가! 그 속에는 1만 원짜리 5장만이 옹송거리며 떨고 있는 게 아닌가. 모두들 망연자실할 밖에 딴 도리가 없었다.

물론 그것은 '일당 5만 원'을 이해하는 방식이 서로 달라서 생긴 일이었지만, 금일봉을 전하며 사례가 적다던 목사님의 말씀은 결코 허투루 들을 의례적인 이야기가 아니었던 셈이고, 덕분에 악단은 자장면 한 그릇 값도 안 되는 염가(정확히는 단원 1인당 1,923원)로 교회 사람들에게 은혜와 축복을 한 아름 가득 안겨 준 셈이 되었다.

그렇지만, 목사님! 우리 음악하는 사람들도 먹고

살아야 하거든요. 다음부터는 저희 어린 양들에게도 은혜와 축복 꼭 좀 내려 주시면 안 될까요?

○ 잃어버린 '콩나물'을 찾아서

양우석 씨는 일찍이 '오부리' 무대를 주름잡았고, 지금도 잡고 있는 사람이다. 이때 '오부리'란 노래 사이에 나오는 연주곡을 뜻하는 '오블리가토(obbligato)'에서 비롯된 말이지만, 흔히 밤무대 손님이 노래를 신청하면 밴드가 즉석에서 맡아 하는 반주라는 다소 부정적인 의미로 통용되고 있다.

10년 전쯤의 일이리라. 여고생 트로트 가수 출신으로, 특히 〈천방지축〉이라는 사투리 가요로 인기를 끌었던 문희옥이 경주 현대호텔에서 디너콘서트를 가졌다. 반주는 가까운 부산의 6인조 그룹 '양우석 악단'이 맡았다.

문희옥의 간드러진 노랫가락에 연신 흡족해하며, 악단은 한낮의 리허설을 모두 끝냈다. 이제 본 공연시간을 느긋이 기다리면 될 일이었다. 7시가 되려면 아직 두어 시간이나 남았다. 단원들은 일찌감치 저녁을 먹었다. 담배도 피고 커피도 마시며 잡담도 했다. 그리고 내기 '훌라'도 쳤다.

놀이는 금세 무르익었고, 시간은 어느새 30분밖에 남지 않았다. 일말의 아쉬움에 입맛을 다신 그들은 자리를 털고 일어났다. 모두들 무대로 향했고, 각자 포지션을 잡고 자리에 앉았다. 그때였다.

"어, 내 악보 어디 갔지?" 베이스 기타가 소리쳤다.

"내 악보도 없는데…."

그러고 보니, 연주자들의 보면대에는 하나같이 악보가 놓여 있지 않았다.

"장난치지 말고 빨리 내놔!" 누군가의 장난으로 여긴 단장이 빽 소리를 질렀다.

그런데 아무런 반응이 없다. 조금 불안해진 단장은 더 큰 소리로 외쳤다.

"빨리 안 내놓을 거야?" 그들은 여전히 무덤덤했다.

이제 본 공연이 채 20분도 남지 않았다. 단장의 불안감은 서서히 증폭되고 있었다.

“아까 단장님이 챙겼잖아요?” 키보드의 목소리였다.

단장은 숨막힐 듯한 불안감을 겨우 억누르며 문제의 악보를 떠올렸다.

그랬다. 그는 평소 제 악보도 제대로 간수 못하던 베이스 기타가 염려되어 아예 악보를 모두 걷어 서류봉투에 넣었다. 리허설이 끝나자마자 급한 통화를 위해 공중전화 부스로 달려갔고, 악보 뭉치를 거기에 둔 사실을 새까맣게 잊은 채 곧바로 저녁을 먹으러 갔던 것이다.

단장은 뒤를 돌아다볼 새도 없이 공중전화 부스 쪽으로 내달았다. 하지만 웬걸, 그곳에는 악보 뭉치는커녕 종이조각 하나 없었다. 시간은 10분도 채 남지 않았다. 그의 불안감은 이제 공포감으로 변해 가고 있었다.

팔을 걷어붙인 그는 쓰레기통이란 통은 모조리, 그리고 샅샅이 뒤지기 시작했다. 땀으로 뒤범벅된 전신에 연방 땀방울이 솟구쳐 올랐다. 그러나 악보 뭉치는 여전히 보이지 않았다. 앞이 캄캄했다.

바로 그때, 문득 섬광이 머리를 스치고 지나갔다.

'청소 아줌마를 만나야 한다!'

어렵사리 아줌마를 찾은 그는 악보 뭉치의 대강을 설명했다.

"아줌마, 제발 나 좀 살려 주소. 혹시 이런 거 못 봤능교?"

그의 목소리는 가늘게 떨렸고 호흡은 가빴다. 그는 마치 심판대에 오른 죄인처럼 아줌마의 처분을 숨죽이고 기다릴 수밖에 없었다.

"콩나물 그림 말잉교?"

그렇게 말한 아줌마가 드디어 자신의 쓰레기통에서 꺼내 든 것은, 아, 그것은 바로 그토록 애타게 찾아 헤맸던 악보 뭉치가 아니던가! 왈칵 눈물이 쏟아졌고, 목이 메어 왔다.

아줌마의 손아귀에서 덥석 빼앗은 악보 뭉치를 그는 행여나 놓칠세라 가슴 속에 꼬옥 품었다. 그러고는 인사를 하는 둥 마는 둥 냉큼 돌아서서 무대로 내달렸다. 그때 어깨너머로 아줌마의 목소리가 어렴풋이 들려왔다.

"국도 못 끓이는 콩나물 대가리가 뭐 그리 대수라고!"

○ 성악가의 실수

주위에는 노래를 찬미하는 노래가 많다. '노래는 즐겁다'는 동요도 있고, '노래의 날개 위에'라는 리트(가곡)도 있으며, '노래하는 곳에 사랑이 있다'는 대중가요도 있다. 이들은 한결같이 노래가 갖는, 혹은 노래하는 기쁨과 즐거움을 표현하고 있다.

그러나 노래를 직업으로 하는 성악가들에게 있어서 노래는 즐거움인 동시에, 때때로 고통스런 일이 되는 경우가 없지 않다. 가령 무대에서 고음이 올라가지 않아 화려한 클라이막스를 망쳐버리거나, 갑자기 가사를 잊어버림으로써 노래가 중단되는 때가 그렇다.

이럴 때 객석에 앉은 청중의 반응은 여러가지로 표

명된다. 대개의 청중은 숨죽이고 침묵한다. 그런 다음, 성악가가 이후의 상황을 어떻게 대처할 것인지 마음 졸이며 무대를 살핀다. 그런가 하면, 실수의 안타까움을 이기지 못한 청중(아줌마일 가능성이 크다)은 대개 다음과 같이 외친다.

"에그머니나, 저를 어쩌나!"

무엇보다 가장 적극적인 청중은 오히려 어느 때보다 큰 박수로 화답한다. 여기에는 성악가의 실수에 면죄부를 주고자 하는 한국적 정서가 짙게 깔려 있다.

이처럼 성악가의 실수에 청중의 반응이 조금씩 다르듯 실수를 저지른 성악가의 대처방법도 제각각이다. 아마추어 성악가는 금세 붉게 물든 얼굴로 객석을 향해 소박하게 말한다.

"가사 까먹었습니다. 다시 하겠습니다."

그러나 조금 경력이 있는 성악가라면, '누구나 실수할 수 있는 것 아니예요?' 하는 표정으로 잊어버린 가사에 해당되는 프레이즈를 쉬고, 그다음 패시지로 구렁이 담 넘듯 넘어간다.

가장 뻔뻔스런 것은 노회한 프로 성악가들이다. 그

들은 오랜 경험을 통해 자유로운 콘트라팍툼(노래가사 바꿔 부르기)을 가능케 하는 능력을 배양해 왔다. 그런 까닭에, 그들은 즉흥적으로 붙인 자의적인 가사로 청중의 귀를 감쪽같이 속일 줄 안다. 그것이 이탈리아나 독일 등 외국노래일 때 더욱 그러하다.

그런데 프로 성악가 가운데서도 대처방법이 극히 초보적이거나, 성악가의 실수에 보편적인 안타까움을 전혀 표명하지 않는 정직한 청중도 있다.

과거 70~80년대만 하더라도 '가곡과 아리아의 밤'이 매우 즐겨 열렸다. 여러 명의 성악가가 차례로 등장, 관현악 반주에 맞춰 노래하는 옴니버스식의 음악회였다. 여기서는 한국 가곡과 오페라 아리아 중에 폭넓은 대중적 호소력을 가진 노래가 주로 불렸다.

70년대 어느 날 저녁, 부산시향이 반주를 맡은 '가곡과 아리아의 밤'에 테너 팽재유(彭宰宥)가 나섰다. 그는 검은색 연주복에 흰 나비넥타이를 맸다. 그리고 번쩍거리는 구두를 신고 무대에 등장했다. 의기양양하고 위풍당당한 몸짓으로 무대에 선 그는 한국가곡에서 그의 탁월한 연주역량을 가감 없이 보여주었다. 타고난

미성, 특히 고음처리가 일품이었다. 그런 다음, 소프라노 가수와 베르디의 〈축배의 노래〉를 2중창으로 노래했다.

현란한 오케스트라의 전주에 이어, 먼저 그(알프레도)가 유창한 이탈리아어를 구사했다.

"자, 이 잔을 마시자. 이 순간의 기쁨에 이 몸은 설레인다…."

그러자 곧바로 소프라노(비올레타)가 다음을 노래했다.

"쾌락이야말로 인생, 즐깁시다. 이 순간의 사랑에…"

다음은 그가 노래할 차례였다.

"…."

너무나 자신만만한 탓이었을까. 갑자기 불러야 할 노래가사가 좀처럼 떠오르지 않았다. 그는 노래를 멈추었다. 노래가 단절되자 뒤이어 오케스트라 반주도 멈추었고, 소프라노 노래도 더 이상 이어지지 않았다. 일순 객석은 깊은 침묵 속에 빠져들었다.

바로 그때였다. 객석 저편에서 중학생쯤으로 보이

는 관객 하나가 벌떡 자리에서 일어나 소리쳤다.

"까불 때 알아봤다!"

○ 묘약의 효과

테너 K씨는 부산을 대표하는 오페라 가수라 할 만하다. 그는 지금까지 400여 회에 이르는 크고 작은 무대에 섰고, 특히 베르디 · 푸치니 · 마스카니 · 도니제티 등 19세기 이탈리아 오페라의 주역가수로 빛을 발했다. 강력하고 매끄러운 성질(聲質), 폭넓은 음역과 매력적인 고음, 자유로운 다이내믹과 극적인 표현력 등이 그를 무대의 중심에 우뚝 서게 만든 것이다.

그런 그가 장가를 든 것은 다소 늦은 나이였다. 서른여섯에 늦깎이 혼례를 가까스로 치렀기 때문이다.

여지껏 그는 오페라 무대에서 숱한 여자들 속에 파묻혀 지냈다. 그러나 그의 즐거움은 오래가지 않았다.

누군가로부터 목 졸려 죽거나, 총 맞아 죽거나 매번 죽음을 당하는 것이 그가 맡은 배역의 대부분이었던 까닭이다.

푸치니의 〈외투〉(Il Tabarro)에서 그(루이지)는 화물선 선원이었고, 선주 미켈레의 아내 죠르제타를 꼬여내서 불륜 관계를 맺는다. 이 사실을 눈치 챈 미켈레의 손에 그는 목졸려 죽는다. 또한 같은 작곡가의 〈토스카〉(Tosca)에서도 마찬가지였다. 주인공인 그(카바라도시)는 정치범 안젤로티를 숨겨주었다는 이유로 경시총감 스카르피아의 총에 맞아 숨을 거둔다.

그뿐만이 아니다. 마스카니의 〈카발레리아 루스티카나〉(Cavalleria Lusticana)에서 그(군대에서 갓 제대한 투리뚜)는 옛 연인 롤라가 마부 알피오와 결혼한 사실을 알고 알피오와 결투를 벌인다. 그러나 힘센 알피오의 손에 결국 죽임을 당하고 만다.

오페라에서 다소 행복한 죽음을 맞은 경우라면, 베르디의 〈아이다〉(Aida) 정도라고나 할까. 여기서 그(이집트의 라다메스 장군, 아이다의 연인)는 아이다의 연적인 암네리스의 질투로 말미암아 연인과 함께 감옥에 갇혀 죽음을 맞는다.

기껏해야 죽음뿐인 오페라 무대에서 겨우 해방된 것은 1990년 10월에 공연된 도니제티의 희가극 〈사랑의 묘약〉에서였다.

〈사랑의 묘약〉은 그를 순박한 시골총각 네모리노로 만들었다. 그는 대농장주의 어여쁜 딸 아디나를 사랑하지만, 끝내 사랑 고백도 못 하는 숙맥이다. 그러던 그가 엉터리 약장수 둘카마라에게 속아 사랑의 묘약(妙藥)을 사는 데 돈을 몽땅 다 날려버린다. 이 묘약을 먹기만 하면 누구라도 자신이 원하는 사랑을 얻을 수 있다는 둘카마라의 새빨간 거짓말에 귀가 솔깃했기 때문이다.

그러나 웬걸, 아디나의 사랑은 좀처럼 오지 않았다. 그래서 약이 좀 더 필요했지만, 그는 더 이상 돈이 없었다. 부득이 약값을 구하기 위해 입대를 결심한다. 이 사실을 알게 된 아디나는 그의 순수한 열정에 감동, 마침내 그와의 결혼에 이르게 된다.

그는 오페라 밖의 현실 속에서 그런 일이 좀 생겼으면 싶었다. 둘카마라 같은 자에게 속아 돈을 탕진하더라도 제발 장가 한 번 가보고 싶었다. 인생이 비극이든 희극이든 그에게는 무엇보다 장가드는 일이 중요했다.

그러던 어느 날, 성가대를 지휘하는 교회의 목사님으로부터 전화가 왔다. 가끔 들르는 치과에 여의사가 있는데, 여간 예쁘고 상냥한 게 아니라는 거였다. 더구나 아직 미혼이라 하니, 한 번 만나 볼 생각이 없느냐는 것이었다. 그는 혹시나 하는 마음에 만사를 제쳐 놓고 주선에 응했고, 곧 약속이 정해졌다.

처자가 수줍은 듯 고개를 들어 인사했다. 이따금 그녀는 하얀 이를 드러내며 웃었다. 그녀가 웃을 때마다 흐린 불빛이 환히 밝아져 왔다. 그녀는 어여뻤고, 마음 씀씀이도 넉넉했다. 더구나 그녀는 그에 대한 적잖은 호감을 보였다.

'오페라 때 먹은 묘약이 이제야 약발을 받는 건가?'

두 사람은 불과 2개월 만에 웨딩마치를 울렸고, 남부럽지 않을 만큼 아이도 가졌다. 그러나 무심한 세월은 어느덧 15년이나 흘렀다. 묘약의 약발도 웬만큼 떨어진 탓일까.

"가까이 오지 마, 나 오늘 되게 피곤하거든!"

이제는 묘약보다 보약(補藥)이 필요한 시점이다.

○ 그날 밤, 그 방에서 무슨 일이?

실내악(室內樂, chamber music)은 말 그대로 크지 않은 공간에서 연주할 수 있는 소규모의 음악을 뜻한다. 그것은 독주악기의 개성적 표현을 존중하면서도, 동시에 각 악기 상호 간의 긴밀한 협력과 일체된 호흡을 요구한다. 따라서 그것은 무대에서 연주자들끼리의 공감이 절대적으로 중요하며, 오랜 시간 마음을 맞춰온 멤버일 경우 더할 나위 없는 연주력을 발휘할 수 있다.

특히 실내악은 청중들로 하여금 실제 연주를 바로 눈앞에서 보고 느끼게 한다는 점에서 매력적이다. 현을 누르는 바이올린 연주자의 손가락과 그 떨림, 플루트 연주자의 미세한 숨소리까지 놓치지 않고 느낄 수 있다. 심지어 연주자의 호흡과 긴장상태, 연주에 몰입하는 표정까지도 청중들에게 고스란히 전달된다.

그러나 연주자들끼리의 충분한 교감에도 불구하고, 간혹 엉뚱한 곳에서 문제가 생기는 경우가 없지 않다.

비교적 최근의 일이다. 어느 목관3중주단이 작년 5월, 한 결혼식장에서 연주할 축하음악을 연습하는 중이었다. 연습곡은 모차르트의 〈디베르티멘토〉(divertimento, 가벼운 분위기의 여흥음악)였다. 리더인 이상창(플루트)이 강영훈(클라리넷)과 여대현(바순)에게 각각 파트보를 나누어 주었고, 연습이 차질없이 진행되고 있었다.

그런데 이상했다. 여러 차례 연습을 되풀이했으나, 왠지 음악의 충만감이랄지 만족감 같은 것이 느껴지지 않았다. 모두들 의아한 생각이 들어 또다시 반복하기를 수차례. 하지만 결과는 마찬가지였다. 악기나 연주자의 문제가 아니라면, 도대체 뭐가 문제란 말인가? 그들은 찬찬히 자신들의 악보를 살폈다. 모두 2/4박자에 조성도 한결같이 바장조로 되어 있었다.

한참이나 악보를 들여다본 그들은 겨우 해답을 구할 수 있었다. 공교롭게도 똑같은 편성, 똑같은 박자,

똑같은 조성을 가진 파트보였으나, 이들은 제각각 작품번호가 달랐다. 그러니까 서로 다른 디베르티멘토의 파트보를 놓고 각자 연습에 열중했던 것이었다. 연습 때 벌어진 일이었기에 그나마 다행스러웠다고나 할까.

한편 연주 연습과 실전 사이에는 엄연한 거리가 있음을 보여주는 사례도 있다.

십수 년 전 가람아트홀에서의 뮤즈앙상블 정기연주회 때였다. 박찬엽(플루트) · 박종관(오보에) · 홍성택(클라리넷) · 정인호(호른) · 김동조(바순) 등으로 구성된 목관5중주단이 무대에 섰다. 이들은 연주복을 깔끔하게 차려입고 자리를 잡았고, 이내 연주가 시작되었다. 연주곡은 그다지 길거나 어렵지 않은 소품이었다.

그런데 얼마 지나지 않아 갑자기 연주가 중단되었다. 왜냐하면 도돌이표(악곡 중에 동일한 진행이 있을 경우, 그 부분을 되풀이해서 연주하라는 표시)가 있음에도 불구하고, 한 연주자가 이를 지키지 않고 그냥 지나쳤기 때문이었다.

그 탓에 연주자 전원이 청중에게 머리를 조아리지 않을 수 없었고, 이들은 처음부터 다시 연주하지 않으면 안 되었다. 그런데 정작 실수한 연주자는 연습 중 어느 누구보다 도돌이표에 신경을 썼던 이였다. 도돌이표에 연필로 몇 번이고 동그라미 표시도 하고, 이를 여럿에게 꼭 지켜야 한다고 거듭 강조했던 까닭이다. 이 경우는 지나친 염려로 말미암아 오히려 실수한 사례라 하겠다.

이러한 실수가 비단 오늘에만 있는 것은 아니다. 과거에도 이와 비슷한 사건을 만날 수 있다.

1974년 창단된 부산목관5중주단은 김영희(플루트) · 김수영(오보에) · 홍융신(클라리넷) · 박영흠(호른) · 김태윤(바순) 등이 멤버로 활동했다. 새부산예식장에서 열린 연주회에서는 바이올리니스트 김진문과 함께 호흡을 맞췄다. 연주가 시작되고 얼마나 지났을까. 갑자기 바이올린 선율이 뚝 멎었다. 마땅히 나와야 할 바이올린이 멈추자 곧 5중주의 음악도 단절되었다. 모두들 적이 당황스런 표정으로 바이올린 연주자를 쳐다보았다.

잠시 침묵이 흐른 다음, 마침내 백구두의 김진문이 검은 안경테를 내렸다 올렸다 하며 태연스레 말했다.

"악보 거꾸로 놓았어!"

○ 한 자유예술가를 추억함

지휘자 이범승은 음악계의 기인(奇人)이요, 야인(野人)이라 할 만하다. 그는 일찍이 서울대 작곡과에서 수학했으나, '더 이상 배울 것이 없다'는 이유로 자퇴한 후 곧바로 서양음악의 본고장 오스트리아로 건너갔다. 비엔나 국립음대를 졸업(지휘전공)한 그는 1981년 귀국했다. 당시 그는 음악계의 엘리트였지만, 국내 어디에도 정착할 곳이 없었다. 아버지가 작고한 1960년 이후 가족이 모두 미국으로 이민을 가버렸기 때문이었다. 그의 아버지는 세상에 알려진 바와 같이 '한국 가요계의 슈베르트'라 불리는 작곡가 이재호(李在鎬, 본명은 三童)이다. 그 역시 대중예술계의 엘리트였다. 일본 고등음악학교에서 바이올린을 전공한 그는 해방 전후 〈나그네 설움〉·〈번지 없는 주막〉·〈물방아 도는 내력〉·〈단장의 미아리고개〉·〈불효자는 웁니다〉와 같은 불후의 명작을 낳은 바 있다.

정처없던 그가 부산을 삶의 터로 삼은 것은 유학시절 알게 된 김창배 교수(전 경성대 예술대학장·작고)와의 교분이 한몫했으리라. 특별히 지인도, 돈도 없었던 그가 근 4개월 동안 머물렀던 곳이 김 교수의 자택이었기 때문이다.

몇 권의 책만 달랑 들고 새로운 거처에 은거하게 된 그는 한동안 그 집의 장남(첼리스트 김대수)과 함께 생활하며, 창작과 지휘 연구에 몰두했다. 이 시기 그는 화장실에 갈 때 으레 두꺼운 책을 끼고 들어가 이를 독파하기 전에는 나오지 않았다. 또한 그는 온종일 방에 틀어박혀 피아노의 으뜸음만 지속해서 두드리는 때도 있었다. 그 소리를 참지 못한 것은 비단 사람만이 아니었다. 창밖 마당에 누렁이가 누구보다 먼저 저항했다. 개가 거친 숨소리로 짖어대자, 그는 자신의 공부를 방해한다는 이유로 누렁이 귀를 잡아당겨 더 큰 소리로 짖어대게 만들기 일쑤였다.

언제나 빈털터리였던 그는 이따금 유일한 패트런으로부터 용돈을 타서 집을 나서곤 했다. 용돈이 넉넉할 때는 거나하게 한잔 걸치기도 했다. 그러나 가져간 돈은 결코 남겨 오는 법이 없었다. 조금이라도 남는 돈이 있을 양이면 지나가는 걸인에게 나눠주어야 직성이 풀렸기 때문이다.

김 교수댁을 나온 그는 남포동의 클래식 음악감상실인 '필하모니'에서 음악을 해설하거나, 음대 유학을 준비하는 학생들에게 독일어 교습을 하면서 겨우 생활을 유지했다. 대학(동아대 · 동의대)에서 지휘법을 강의하고, 부산시향을 비롯한 여러 악단의 객원 지휘를 맡기도 했다. 그는 베토벤 · 모차르트 · 브람스 · 브루크너와 같은 서양 고전 · 낭만시대의 음악을 즐겨 듣고 연주했다. 그의 지휘는 아카데믹하고 군더더기가 없었으며, 특히 정격연주(원전악보에 충실한 연주)의 해석에 능했다.

두주(斗酒)도 마다하지 않았던 그는 연주회가 끝나면, 항용 술집으로 직행했다. 주연(酒宴)은 날이 희뿌윰히 밝아오는 새벽녘이 되어서야 겨우 끝나기 일쑤였고, 주석(酒席)은 시종 진지했다. 그는 자리에서 언제나 타오르는 눈빛으로 자신의 철학을 논했다.

"술은 물이요, 담배는 불이다. 물 있는 곳에 불이 함께하는 것은 자연의 섭리다."

제도권에 구속되는 것을 극도로 싫어했던 그는, 범인(凡人)들이 선망하는 명예나 세속적인 지위에 결코 연연하는 법이 없었다. 어쩌면 그것은 음악을 팔아서 먹고사는 일을 지극히 혐오한 까닭인지도 모른다. 그에게 음악이란 순수하고 아름답고 고귀한 존재, 무한한 존경심과 경외감을 불러일으키는 신앙 이상의 어떤 것이었다. 그러기에 그의 음악적 열정과 자존심은 그 누구보다 강했고, 음악에 있어서 타협이란 적어도 그에게는 있을 수 없는 일이었다. 가령 지난 1999년 오페라 〈나비부인〉 총 리허설 때 연극 연출자와 벌인 격렬한 싸움은 음악가로서 그의 고집에 의한 것이었다.

그는 2001년 부산을 떠나 서울의 한 고시촌에 들어가 창작에 전념했다. 그러던 그가 2004년 돌연 가족이 있는 미국으로 훌쩍 건너가 버렸다. 국제적인 도시를 부르짖지만 우리에게는 궁핍하지만 재능 있는 한 예술가를 받아줄 만한 여력이 없었던 것이다.

○ 어떤 야외음악회

실내 연주공간은 바깥의 시끄러운 소리로부터 자유롭다. 두꺼운 벽과 높은 천장이 이를 막아주기 때문이다. 이에 비해 야외음악 공간은 삶과 세상을 향해 활짝 열려 있다. 사람들은 음악을 듣기도 하고 옆 사람과 이야기를 나누기도 하며, 음식을 먹기도 한다. 또한 그들은 지속해서 음악에 집중하지 않아도 되고, 그럴 필요도 없다. 요컨대 야외음악은 실내악의 예술적 자율성을 포기하는 대신 대중적 일상성을 획득한다.

이러한 야외무대는 산이나 바다, 혹은 계곡에서 열리기도 하지만, 무엇보다 생명의 신성함과 경외감을 불러일으키는 산상음악회가 제격이다. 그리고 거기서는 주로 이동성이 자유로운 소규모 연주가 이루어진다.

벌써 10년 전의 일이다. 청포도가 익어가는 7월, 부산 하단 에덴공원 언덕 위에서 '솔바람 음악회'가 열렸다. 여기에는 부산플루트앙상블이 초청되었다. 지역 플루트 음악계의 선도자라 할 만한 이하룡을 필두로, 박찬엽 · 이상창 · 장극태 · 정옥경 등의 연주자들이 참여했다.

어둠이 서서히 깔리기 시작하자, 한낮의 무더위가 한풀 꺾였다. 땡볕에 따갑도록 울어대던 매미소리도 차츰 잦아들고 제법 시원한 바람이 불어왔다. 무대 둘레에는 어둠을 밝히는 등불이 차례로 켜졌다. 청중들은 자리를 잡고 앉거나, 혹은 뒤편에 서서 구경거리를 기다렸다.

마침내 연주자들이 긴 소매의 무대복을 입고 등장했다. 연주곡은 비제의 〈아를르의 여인〉을 비롯한 낯익은 음악들이었다. 교교한 달빛 아래 흐르는 선율이 사뭇 고즈넉한 분위기를 연출했다. 그런데 무대 위에는 시간이 지날수록 불청객들이 하나둘씩 모여들기 시작했다. 불빛에 매혹된 하루살이 · 나방 · 날파리 · 모기 등

각양각색의 벌레들이 떼 지어 날아드는 것이었다.

순식간에 무대는 그들의 놀이터로 점령당했고, 낯선 이방인들을 거침없이 공략했다. 얼굴·손·다리·엉덩이 할 것 없이 닥치는 대로 물고 뜯고 할퀴었다. 특히 유일한 여성주자(정옥경)에게 달려드는 놈들의 공격은 집요하고도 맹렬했다. 샴푸내음 향긋한 목덜미가 그 주요한 타깃이었다. 엎친 데 덮친 격이라고나 할까. 매미 떼가 갑자기 무대 쪽으로 돌격해 왔다.

매미 떼는 육중한 몸매에도 불구하고, 더할 나위 없이 날쌘 용맹성을 자랑했다. 그런 다음 그녀의 하얀 목덜미에 앉아 좀처럼 떨어질 줄 몰랐다. 그럼에도 그녀는 프로연주자로서 처음부터 끝까지 비명 한 번 지르지 않고 연주를 갈무리했다.

야외음악회의 어려움은 비단 한여름에만 있는 것은 아니다. 한겨울에도 그 나름의 고통이 따르기 때문이다.

역시 10여 년 전 새해 1월 1일 밤이었다. 필하모니 클래식음악동우회(회장 조영석) 회원들을 포함한 연주자·화가·시인 등 문화계 인사들이 오대산에서 열린

'설상(雪上)' 음악회에 참여했다. 겨울 한철 내내 눈을 볼 수 있는 그곳에서 눈처럼 순수한 마음을 갖고 싶었던 것이다. 더구나 여기에는 KBS방송국 취재진도 동행했다.

눈 쌓인 산자락에는 모닥불이 활활 타올랐고, 그 주변에는 음악을 듣기 위한 청중들이 빙 둘러 자리를 잡았다. 이윽고 연주가 시작되었다. 플루트(이상창)와 기타(고충진)의 듀오였다. 연주곡은 아일랜드 민요 〈봄을 기다리며〉였고, 그것은 한겨울 속에 봄을 느끼게 하는 매우 서정적인 음악이었다.

얼마나 시간이 지났을까. 혼신의 힘을 다하는 연주자들의 노력에도 불구하고, 제대도 된 소리가 나지 않았다. 영하 15도의 강추위 탓에 손가락이 얼어버렸던 까닭이다. 설상가상(雪上加霜), 플루트 끝에 맺힌 고드름으로 말미암아 연주자는 끝내 중심 선율의 음정마저 놓치고 말았다.

그러나 봄이 오면, 집 나간 음정도 돌아올 것이다.

○ 산새, '웅새' 되어 날다

이미 세상을 떠난 테너 손동석은 만학의 성악도였다. 1935년생이었던 그는 1967년, 그러니까 33세의 나이에 계명대 성악과에 입학했다. 그런 그의 음악적 열정은 실로 대단한 것이어서 44세에 대학원 졸업하고, 내친김에 미국유학을 떠날 정도였다.

그는 유달리 음감이 뛰어났다. 뿐만 아니라 그의 부드럽고 섬세한 목소리는 능히 탁월한 리릭 테너의 반열에 올릴 수 있을 만하다. 특히 그는 음악 이외에 또 하나의 비상한 재능을 갖고 있었으니, 그것은 우스갯소리를 누구보다 잘 구사한다는 것이었다. 그의 능수능란한 재담은 항용 주위 사람들을 불러 모았고, 그들 가운데 배꼽이 빠져 자지러지지 않는 사람이 없었다.

벌써 15년은 되었으리라. 어느 날, 대구문화예술회관에서 창작가곡발표회가 열렸다. 이 행사는 이미 70년대 경북음악협회 회장이었던 고 김진균 박사(전 경북대 교수)에 의해 처음 만들어졌다. 지역문화의 활성화를 목표로 대구 · 경북지역의 시인 및 작곡가들이 참여, 매년 1~2편의 예술가곡을 작곡, 발표하는 옴니버스 형식의 무대였다.

당일 발표회 현장에는 창작곡 작곡자는 물론, 가사를 제공한 시인, 녹음을 위한 라디오방송국 엔지니어, 그리고 신작 노래를 듣고자 하는 청중들이 빽빽하게 자리를 메웠다. 그들의 손에는 갓 나온 창작가곡의 악보집이 들려 있었다. 이들은 한 장 한 장 악보를 넘기며, 잇따라 출연하는 성악가들의 노래에 귀를 쫑긋 세웠다.

여느 때와 마찬가지로 손동석은 무대 뒤 대기실에서 예의 그 뛰어난 입심으로 한껏 재담을 풀어 놓고 있었다. 모두들 박장대소에 포복절도할 무렵, 마침내 자신이 무대에 나설 차례가 왔다.

웃음을 거둔 그는 황급히 무대로 나아갔다. 어깨까지 늘어진 장발을 출렁거리며 무대에 선 그(70년대 장발 단속에 단골로 걸렸다)는 자신감 넘치는 표정으로 객석을 휘 둘러보았다. 옆에는 강석중(경남대 초빙교수) 작곡의 신작 악보가 보면대 위에 얹혀져 있었으나, 귀찮게 다시 들여다볼 필요는 없었다. 이미 몇 번씩이나 연습했을 뿐 아니라, 가사도 낱낱이 외웠기 때문이었다.

드디어 피아노 전주가 나왔고, 곧 그의 노래가 시작되었다.

"…저녁 연기 떠오르는 / 저 언덕 너머 / 산새는 물한 모금…"

선율적이고 서정적인 노래였다. 그것은 부드럽고 섬세한 그의 목소리와 너무나 잘 맞아 떨어졌다.

얼마나 지났을까? 갑자기 노래가사가 잘 떠오르지 않았다. '저 언덕 너머' 뒤에 나오는 가사가 분명히 새는 새인데, 그것이 '산새'인지 '물새'인지가 헷갈리는 것이었다. 그러던 중 피아노의 잔물결 같은 반주는 어느새 새의 부리까지 넘실대고 있었다.

'에라, 모르겠다.'

산새든 물새든 두 놈 중 하나는 분명하므로 확률은 50%다. 비로소 그는 '물새'를 낙점, "물새는 물 한 모금"을 용감하게 불러 제꼈다. 그리고는 아무런 일도 없었던 것처럼 천연덕스럽게 뒷 노래를 이어갔다.

간주가 끝나고, 다시 노래가 시작되었다. 헷갈리는 그놈의 새는 후반부에 와서 또다시 등장했다. 새가 출몰할 때에 이르자, 반주 리듬이 더욱 빨라지는 것 같았다. 피아노의 트레몰로(인접하지 않는 두 음이나 화음을 교대로 반복하는 연주기법)가 마치 적군이 진주해 오는 것처럼 가슴을 조여 왔다.

작지 않은 배포를 가진 그였으나, 이번에는 영 자신이 없었다. 철새, 황새, 깔새는 물론, 노새, 뱁새까지 새란 놈들은 죄다 생각났다. 그렇지만 도무지 헷갈리는 그놈의 새는 좀처럼 잡히지 않았다. 엉겁결에 그는 앞 글자를 빼고 어물어물하다 그냥 '응새'로 불러 버리고 말았다. 순간, 객석 여기저기서는 청중의 웃음소리가 연방 터져 나왔다.

그래도 '응새'는 그 부드럽고 섬세한 깃털을 나폴거리며, 높푸른 가을하늘을 한껏 비상하고 있었다.

○ 어느 시간강사 이야기

K씨는 대구에서 활동하는 작곡가다. 그렇지만 예나 지금이나 작곡을 업으로 삼는 것은 애시당초 불가능한 까닭에, 그는 오랫동안 음악대학(혹은 음악학과)에서 시간강사로 일해왔다. 여기서 그는 서양음악이론의 근간이라 할 수 있는 화성학 · 대위법 · 악식론 등을 주로 강의했다.

자칫 어렵게만 느껴지는 음악이론을 쉽게 풀어서 설명하는 그의 명쾌한 강의는 가히 학생들에게 '인기짱'이었다. 덕분에 그는 대구 · 경북뿐만 아니라 부산 · 경남지역 대학들로부터 수없이 '러브콜'을 받았고, 경력 22년째인 오늘도 주당 40시간에 이르는 시간강사로 이름을 드날리고 있다.

그러나 그의 화려한 강의 경력에도 불구하고, 사회적 신분은 여전히 비정규직 시간강사에 지나지 않는다. 즉 대학강사는 법률상 일용잡급직으로 분류돼 국민건강보호법 · 고용보호법 · 국민연금법 등 최소한의 제도적 보호도 받지 못한다. 게다가 1년의 절반은 방학이요, 언제 잘릴지 모르는 심리적 불안감 속에 일상을 산다. 그런 까닭에 시간강사는 자신의 강의 경력이 쌓이면 쌓일수록 이에 준하는 설움과 비애도 늘어나기 마련이다.

어느 날 K씨는 강의를 마치자마자, 급히 화장실로 달려갔다. 일을 보고 막 나오려는 찰나, 얇은 베니어판으로 가려진 여자 화장실 쪽에서 두 여학생의 대화가 들려왔다.

"교수님이야."

"아니야, 선생님이야. 내가 과사(학과 사무실)에서 조교한테 물어봤는데…."

알고 보니, 그들은 조금 전 자신의 강의를 들었던 초년생(1학년)이었고, 강의를 맡았던 담당자가 교수냐,

강사냐를 두고 잠시 설전을 벌이고 있었던 것이다. '내 이야기를 하는구나'라고 생각한 그는 화장실을 빠져나갈 수 없었다. 그는 여학생들의 목소리가 들리지 않을 때까지 한참이나 머뭇거렸다. 이때 그는 전임교수를 '교수님', 시간강사를 '선생님'으로 학생들이 각각 구분해서 지칭한다는 사실을 처음 알았다.

어느 겨울날 오후였다. K씨는 모처럼 기원(棋院)에서 망중한을 즐기고 있었다. 갑자기 그의 핸드폰이 요란스레 울었다. 계단으로 내려가 전화를 받는데, 거친 여자 목소리가 들려왔다.

"아니, 등록하고 출석만 하면 졸업시켜 준다고 해 놓고 학점은 왜 안 주능교?"

"누가 그런 말을 했습니까?"

"우리 애가 등록할 때 학과장이 전화로 그랬잖능교."

"그건 모르는 일입니다. 공부를 해야 학점이 나오는 게 아닙니까? 그런데 댁의 자녀가 누굽니까?"

"나는 ○○엄만데요. 학과장한테 전화하니까 선생님한테 이야기하라던데요."

"그건 안 됩니다. 그 학생은 출석만 했지, 시험 답안지를 백지로 냈습니다."

"안 되겠다. 학과장한테 다시 얘기해야지."

그녀는 전화를 뚝 끊었다. 그리고 잠시 후에 다시 그녀로부터 전화가 왔다.

"선생님이 학점 안 주면 우리 애는 학교에 못 다닙니더. 세상에 학교도 사기 치나?"

"무슨 말씀입니까? 대학에서 공부 안 하면 학점을 받을 수 없습니다."

"선생님은 온전한지 두고 보입시더."

또다시 전화가 뚝 끊겼다. 한참이 지났다. 이번에는 학과장으로부터 전화가 걸려 왔다.

"선생님, 학교 사정 잘 아시면서 왜 그러세요. 그냥 학점 주시지요."

"안 됩니다. 그 학생은 매번 잠만 자고 시험은 두 번 다 백집니다."

"그냥 주기로 하십시다."

"안 됩니다. 그건!"

"알겠습니다."

전화가 끊기고 난 며칠 뒤에 학과 조교로부터 연락이 왔다.

"선생님, 커리큘럼이 바뀌면서 선생님 수업이 없어졌습니다. 죄송합니다."

그 순간, ○○엄마가 남긴 말이 자꾸만 그의 귓전에 맴돌았다.

'선생님은 온전한지 두고 보입시더.'

○ 어느 대학교수 이야기

"…밀려오는 파도소리에 / 밤잠을 깨우고 / 돌아누웠나…"

지난 1978년 제2회 MBC 대학가요제에서 대상을 받은 부산대 '썰물'의 〈밀려오는 파도소리에〉(박철홍 작사 · 작곡)라는 노래다. 서정적인 가사에 다양한 음악적 변화(박자, 리듬과 템포, 조성)가 돋보이는 이 곡은 당대와 후대의 젊은 층 사이에 폭넓게 수용되었다.

그러나 이 노래를 만든 이는 의외로 알려져 있지 않았다. 오랫동안 그는 '썰물'에 밀려 차츰 익명화(匿名化)되었기 때문이다.

박철홍(동아대 음악문화학과 교수)은 오늘날 적어도

부산에서 '실용음악계의 대부'로 통한다. 26년 동안 줄곧 현실사회가 요청하는 음악을 적재적소에 제공해왔던 까닭이다. 그 결과 그는 지금까지 무용 · 연극 · 방송음악 등 500여 편에 이르는 작품을 남겼다.

그렇지만 어느 분야나 그러하듯, 명망가의 심중에는 으레 남모르는 설움과 아픔이 배어 있기 마련이다. 그 역시 예외는 아니다.

1971년 그는 부산대학교 고분자공학과에 들어갔다. 고교시절 이미 그룹사운드에서 음악의 꿈을 키웠으나, 가난한 현실이 그를 그 길로 내몰았다. 졸업 후 직장생활을 하며, 그는 가톨릭 계통의 예벗중창단과 그레고리오합창단에서 음악활동을 유지했다.

1980년 혼례를 치른 그는 불현듯 직장을 그만두고, 본격적인 음악활동을 벌이기로 마음먹었다. 그러려면 최소한의 생계비는 벌어야 하므로 기타학원을 열고, YMCA 기타교실에 강사로 나가기도 했다.

그러나 손님은 거의 없었다. 방학 때 몇몇 학생 손님들이 겨우 기타를 배우러 오는 정도였다. 그마저 그들은 당시 유행한 〈꽃반지 끼고〉 · 〈이루어질 수 없는 사랑〉 같은 발라드의 코드 짚는 법 정도를 배우고 나면 다시 돌아오지 않았다.

이제 생계비는커녕 자신의 입에 풀칠조차 하기 어려웠다. 한 입이라도 덜기 위해서 그는 83년부터 3년간 하야리아부대의 교회에 나가 성가대원으로 참여했다. 그곳에서는 그래도 한 끼 정도 너끈히 해결할 수 있기 때문이었다.

그러던 어느 날, 부대 내 교회에 굴러다니던 영문잡지가 눈에 들어왔다. 잡지 뒷면에 컴퓨터 사진이 실려 있고, 그 아래에는 "혼자서도 연주할 수 있는 오케스트라!"라는 글귀가 쓰여 있었다. '연주', '오케스트라'라는 말에 눈이 번쩍 뜨였다. 뒤에 알았지만, 그것은 컴퓨터로 전자악기를 제어하는 미디 광고였다.

이후 7, 8년 동안 그는 전자악기를 사기 위해 일본을 오가며 '보따리 장사'를 했다. 어떤 때는 코끼리표 전자밥통 안에 카메라를 숨겨 세관을 겨우 통과하기도 했다. 여기서 남긴 차액과 곗돈을 깨서 악기를 사들였다. 막상 악기가 생기자, 그 운용방법을 일러줄 선생이 없었다. 부득불 그는 밤낮없이 여기에 매달렸다. 이 무렵 독학은 그에게 형언할 수 없는 법열(法悅)을 안겨주었다.

가난과 궁핍은 계속되었다. 연극동네에 적잖은 음악을 만들어주었으나, 그 동네 역시 가난했던 터에 거의 무일푼으로 봉사하는 경우가 부지기수였다. 그런 까닭에 문현동 산동네 사글세 방에는 아이가 앓고, 쌀통은 즐겨 비어 있었다. 한겨울 새끼줄에 매단 연탄 두 장을 들고 휘청휘청 귀가하던 모습이 꿈결처럼 아득하다.

그러던 그의 인생에도 볕은 들었다. 1989년 MBC 다큐음악 〈갈대〉로 대한민국 방송대상, 90년대 전국연극제 출품작 〈칠산리〉의 음악상을 받으면서 그는 폭증하는 음악수요에 시달릴 정도였다. 더구나 40대 중반의 늦깎이로 대학원을 졸업하고, 곧바로 대학에서 실용음악을 가르치는 교수가 되었다.

흔히 말하듯 그는 체계적인 정규 음악교육의 세례를 받지 못했다. 그렇지만 그가 지나온 삶의 역정은 고진감래(苦盡甘來)라는 아포리즘을 새삼 떠올리게 한다.

○ 어느 콘트라베이스 연주자

콘트라베이스는 서양악기 가운데 가장 덩치가 크다. 오케스트라에서 최저음을 담당하는 그것은 따스하고 편안한 음색, 깊고 풍부한 표정, 중후하고 웅장한 음향이 특히 매력적이다. 그런 연유로, 독일 작가 쥐스킨트(P. Süskind, 1949~)는 모노 드라마 〈콘트라베이스〉에서 주인공의 입을 빌려 다음과 같이 역설한다.

"지휘자는 없어도 되지만 콘트라베이스만은 빼놓을 수 없다는 것을 음악을 아시는 분이라면 누구나 인정할 겁니다. (…) 자고로 오케스트라라는 명칭을 얻으려면 베이스가 갖춰져 있어야만 가능하다고까지 말할 수 있습니다."

훌륭한 건축물이 완성되려면 토대가 중요하듯, 오케스트라의 기초는 무엇보다 탄탄한 저음을 책임지는 콘트라베이스라는 사실을 주인공 연주자는 거듭 강조한다.

그럼에도 불구하고, 콘트라베이스는 여전히 투박한 몸뚱이로 둔탁한 소리를 내며, 연주자는 언제나 변함없이 오케스트라의 뒷자리를 지키고 있다. 청중들은 그에게 좀처럼 눈길을 보내주지 않는다. 그들의 시선은 오직 지휘자나 몇 명의 독주자를 향해서만 꽂혀 있다.

콘트라베이스 연주자 권명국 씨는 40대 초반이다. 연주생활을 시작한 지도 어느새 20년이 넘었다. 그는 연주자들 사이에서 흔히 '연습벌레'로 통한다. 연주회가 있거나 없거나 매일 두 시간 이상은 꼬박 연습에 매달리는 까닭이다. 그가 연습에 열중하는 것은 '한국이 낳은 세계적인' 연주가가 되기 위해서가 아니다. 그에게는 다만 열심히 노력해서, 청중들에게 제대로 된 음악을 들려주고자 하는 소박한 바람이 있을 뿐이다. 그래서일까. 빈방에서 홀로 연습할 때가 그에게는 가장 평안하고 행복한 시간이다.

1990년, 그가 대학을 졸업하고 첫발을 내디딘 곳은 울산시향이었다. 청운을 꿈꾸었던 그는, 그러나 불과 1년 10개월 만에 악단생활을 접고 말았다. 악단은 그가 생각하는 삶의 두 가지 조건, 즉 돈과 공부 가운데 하나도 충족시켜 주지 못했기 때문이다.

악단을 박차고 나온 그는 음악을 계속하기 위해서 돈을 벌어야 했다. 그는 3년간 외판원으로 나섰다. 그가 파는 품목은 백과사전류, 문학전집류, CD음반전집류, 그리고 파카 글래스(인조수정으로 만든 컵) 세트 등이었다. 물품판매가 신통찮을 때는 버스 정류소 앞의 부스 만드는 작업에 일당 5만 원짜리 '노가다'로 일하기도 했다. 그럭저럭 돈을 좀 모았다. 그래서 그는 1994년 마산시향 오디션에 당당히 응시, 8대 1의 치열한 경쟁을 뚫고 화려하게 입성했다.

"녹이 많이 슬었군!" 객원지휘를 맡은 박성완 교수의 지적이었다. 그는 자신의 녹슨 연주력에 기름을 칠하며 후일을 도모했다. 42만 5,000원의 첫 월급이 이듬해 50만 원, 2000년에 65만 원까지 올랐다. 그렇지만 이제 한 가정의 가장이 된 그로서는 그 돈으로 아내와 두 아이를 먹여 살릴 수 없었다. 개인레슨이 전혀 없었던 그는 틈만 나면 창원 · 마산 · 부산 등지의 시립 및 민간 오케스트라에 게스트로 떠돌았다. 이 무렵 매월 15회 이상의 괄목할 만한 연주회 실적을 올렸지만, 궁핍한 대부분의 민간악단은 자신의 경제력에 그다지 보탬이 되어주지 못했다.

2003년, 그는 다시 악단을 그만두었다. 딱히 돈 버는 기술이 없었던 그는 숯불갈비집에 숯을 대주는 1톤짜리 짐차를 몰았다. 장사 수완이 있어서일까. 1년 10개월간 울산 전역을 누비며, 무려 500곳의 거래처를 뚫었다. 그러다 아예 25평 규모의 숯불갈비집을 열어 1년여 동안 악착같이 돈을 모았다. 사정이 나아지면서 그는 인코리안심포니오케스트라(부산스트링스챔버오케스트라의 후신)의 콘트라베이스 연주자로 또다시 악단생활을 재개했다. 그러나 그는 돈이 떨어지면 또 다른 일자리를 찾아 나설 것이다.

언제나 변함없이 오케스트라의 뒷자리를 지키고 앉은 그의 모습을, 언제라도 다시 만날 수는 정녕 없는 것일까.

○ 어느 레슨선생 이야기

음악레슨은 주로 제도권 음악교육기관(예고 · 음악대학)에서 행해지지만, 이에 못잖게 제도권을 벗어난 사설 음악교육기관(학원)에서도 즐겨 이루어진다. 또한 악기레슨의 경우 한 명의 선생과 여러 명의 학생들로 구성되는 그룹레슨보다 1대 1의 개인레슨이 지배적이다. 특정 악기에 대한 사회적 수요가 제한적일 뿐만 아니라, 레슨의 효율성을 위해서 도제적(徒弟的) 교육방식이 한층 적합하기 때문일 것이다.

연주자들은 삶의 방편으로 틈틈이, 혹은 일시적으로 개인레슨을 행하는 경우가 많다. 그것은 그들이 가장 잘할 수 있는 전통적인 수익창출 방법의 하나인 까닭이다. 그런데 삶의 한 방편으로 시작한 개인레슨이 어느 순간 자신의 생업(生業)이 돼 버린 연주자도 있다. 40대 중반의 플루티스트 이상창 씨가 바로 그러한 경우이다. 1982년, 그는 대학 초년생 때 벌써 개인레슨 업계에 입문해서 지금까지 무려 24년 동안 플루트 레스너로 활약하고 있다.

시골(경남 함양) 출신의 그는 일찍이 화려한 무대를 주름잡는 플루티스트를 꿈꾸었다. 그러나 집안사정이 여의치 않았던 터라, 대학시절 부득이 아르바이트를 하지 않으면 안 되었다. 먼저 등록금과 생활비를 벌고, 돈이 되면 은빛 찬란한 일제(日製) 플루트 '산코'를 사야 했다. 그의 전도는 양양했다. 얼마 지나지 않아 초·중등학생은 물론, 은행원·회사원 그리고 교회 찬양대원 등이 대거 그의 문하생으로 몰려들었다. 덕분에 그는 학생 신분으로서는 과분한 40~50만 원의 레슨비를 손쉽게 벌었다(당시 일반적인 직장인 월급은 25만 원 수준).

1989년 대학을 졸업하자, 그의 개인레슨 수요는 급격히 팽창했다. 그렇게 된 데는 레슨선생으로서 마땅히 갖추어야 할 능력과 책임감에 대한 긍정적인 입소문이

한몫했다. 그는 토·일요일도 없이 하루 평균 9시간 이상을 꼬박 개인레슨에 쏟아부었다. 제때 밥 먹을 시간도 없어, 겨우 차 안에서 도시락으로 끼니를 해결하거나 짜장면을 시켜 먹는 경우가 태반이었다. 그러한 노력의 결과, 나날이 수입도 늘어났다. 보통 월 300만 원 수준이었고, 간혹 500만 원 이상의 목돈을 챙길 때도 있었다. 그 덕에, 그는 부곡동에 24평짜리 아파트를 사고, 금빛 찬란한 14K 미산(美製) 플루트 '브란덴 쿠퍼'도 샀다.

하지만 그런 만큼 그에게 남모르는 시름도 없지 않았다. 음악이 이른바 '국·영·수' 같은 필수과목이 아닌 까닭에, 때때로 음악레슨 선생조차 학부모로부터 폄하와 푸대접을 받아야 했고, 자칫 악기레슨을 그만둘 수 있음을 내비치는 학부모 앞에서 가슴을 쓸어내려야만 했다. 만에 하나 "우리 아이, 이제 더 좋은 선생님한테 보낼 거예요"라는 학부모의 얼음장 같은 목소리를 들을 양이면, 그는 자기부정의 뼈아픈 고통을 감내하지 않을 수 없었다.

그렇지만 무엇보다 그를 옥죄어 오는 것은 해마다

늘어나는 해외 유학파와 프로악단의 전문 연주자들로부터 자신이 점차 소외된다는 불안감이다. 그가 개인레슨에 열중하는 동안 그들은 연주연습에 더 한층 매진할 것이고, 그럴 경우 자신의 연주무대는 갈수록 위축될 수밖에 없다. 게다가 그의 개인레슨마저 예전 같지 못하다. 나날이 수요가 줄어드는 데 비해, 공급은 오히려 날로 증가하는 탓이다. 이제 그다지 크지 않는 파이를 두고 많은 포크들이 쟁탈전을 벌일 것이고, 서로 낮은 단가경쟁으로 말미암아 개인레슨은 필경 쇠퇴하게 될 것이다.

돌이켜 보면, 그가 경험한 과거 10여 년은 그래도 화려만발하게 꽃피던 시절이었다. 적잖은 고생도 했지만, 그에 상응하는 적잖은 돈을 벌었다. 더구나 그는 지금까지 적잖은 숫자의 악기전공자들을 길러 냈다. 그러나 그는 가끔 전공 제자들의 초롱한 눈망울을 바라볼라치면, 미안하고 안쓰런 마음이 앞선다.

○ 어느 악장 이야기

오케스트라에서 악장(樂長, concert master)은 대개 제1바이올린 연주자 중에서 선임된다. 악장은 단원들의 실질적인 대표자로서 단원과 악기를 조율하는 지도자적 위치에 선다. 아울러 그의 권위는 무대에서 지휘자와 악수를 나누는 유일한 단원이라는 점에서도 확인된다.

연주석 맨 앞줄 선두를 차지한 악장은 지휘자 다음으로 청중의 관심을 끈다. 화려한 음색과 눈부신 기교로 언제나 악곡의 중심선율을 맡는 제1바이올린 파트를 주도하기 때문이다.

그러나 민간 오케스트라에서의 악장은 눈에 띄는

영광보다, 오히려 드러나 보이지 않는 비애를 더 많이 경험한다.

40대 초반의 정성철(인코리안심포니오케스트라 악장)씨는 여섯 살 때부터 바이올린을 시작, 지금까지 줄곧 바이올린 연주자로 활동하고 있다. 그는 유 · 소년기에 이미 즐겨 연주무대에 섰고, 전국 단위의 음악콩쿠르에서 대상과 특상을 연거푸 탔다. 그런 그가 음악을 전공하고자 한 것은 자연스런 일이었다.

하지만 어르신들은 아들의 의지를 완강하게 반대했다. 그의 집안은 의 · 약사 가문(조부는 한의사, 부친은 약사, 모친은 의사, 형과 동생은 의사)이었고, 애써 어려운 길을 가려는 아들의 뜻이 부모의 기대에 크게 어긋났기 때문이었다.

의 · 약대에 갈 성적이 안 되었던 탓에, 그는 부득이 경영대학에 입학했다. 그러나 여기에는 적만 두었을 뿐 대부분 음악학과 강의를 들었다. 그 덕택에 음악과목은 항상 A+를 받았으나, 동시에 두 번의 학사경고도 받아야 했다. 졸업 후 그는 실내악단(부산현악4중주단 · 동아실내합주단)과 오케스트라(부산관현악단 · 뉴필하모닉 등)에 들어가 바이올린 수석으로 연주활동에 힘썼다. 늦깎이로 대학원에서 음악을 전공한 그는 곧 졸업을 앞두고 있다.

그는 즐겨 명멸하는 이전의 악단과 달리, 생명력 있는 연주단체를 만들어 보고 싶었다. 그래서 그는 1996년 몇몇 젊은 연주자들을 모아 '부산스트링스챔버오케스트라'를 창단했다. 여기에는 박종휘(지휘) · 최영준(첼로) · 이준호(첼로) · 정명호(콘트라베이스) 등 18명이 참여했다. 그는 대연동 현대오피스텔 1층에 마련한 연습실 운영은 물론, 연주회 때마다 소요되는 적잖은 비용 일체를 책임져야 했다. 그는 자신이 할 수 있는 유일한 벌이(개인레슨)로 자력갱생을 시도했다.

그런데 단원 숫자가 36명으로 늘어나 좀 더 넓은 연습실이 필요했다. 99년에는 좌천동으로 거처를 옮겼다. 이즈음, 단원들에게 소액의 연주료가 지급되면서 몇 년 사이 빚이 2억 5,000만 원까지 늘어났다. 그것은 그를 오전 10시부터 밤 11시까지 하루 10시간 이상의 살인적인 레슨 노동에 시달리게 했다. 그것도 모자라 카드 대출을 받거나, 사채를 끌어 쓰고 일수로

갚아야 했다. 그래도 늘어난 빚을 도저히 감당할 수 없었던 그는 카드사로부터 온갖 굴욕을 당해야 했고, 연습실에 비치된 악기들마다 레슨학생과 학부모가 보는 앞에서 차압딱지가 붙여졌다. 이미 연습실은 단전 · 단수된 터였다. 부득이 그는 최후의 후원자였던 아버지께 손을 벌려야 했다. 아버지는 비록 못마땅한 아들이었으나, 눈을 질끈 감고 상당 액수의 빚을 탕감해 주었다.

2001년 '스트링스'가 1,000만 원의 부산시 문예진흥기금을 처음 받고, 이후 연평균 300~500만 원의 지원금을 받으면서 그는 숨통이 겨우 틔었다. 2003년 사단법인 전문예술단체가 된 악단은 올해 창단 10주년을 맞으면서 정규 2관 편성의 풀 오케스트라로 확대 · 개편되었다. 인코리안심포니오케스트라로 이름도 바꾸고, 새 지휘자(장진)를 비롯한 다수의 후견인을 영입했다. 그 결과, 지난 9월 '인코리안, 운명을 말하다' 연주회에서 악단은 "규모에 비해 놀라운 음향"(안일웅 연주평)을 창출해 냈다.

이제 '인코리안'은 부산음악계가 주목할 만큼 성장

을 거듭하고 있다. 그렇게 된 데는 보이지 않는 곳에서 썩어간 '한 톨의 밀알'이 있었기 때문이다.

○ 어느 합창단 이야기

합창(合唱, chorus)은 절제와 조화가 빚어내는 화음의 예술이다. 그것은 누구나 참여할 수 있는 민주적 예술이자, 노래를 통해서 이해와 화합을 도모하는 공동체적 예술이기도 하다.

꼭 10년 전의 일이다. 지난 1996년 성악을 전공한 어느 합창지휘자가 이탈리아에서 귀국, 음악평론가 탁계석(21세기 문화광장 대표) 씨를 찾아왔다. 그는 여태껏 남들이 하지 않은, 뭔가 차별화된 합창을 하고 싶어 했고, 얼마 지나지 않아 평론가는 기발한 아이디어를 떠올렸다. 종래 시 · 군 · 구의 어머니합창단과 대비되는 아버지합창단을 만들어 보면 어떨까 하는 것이었다.

'어린이'나 '소년소녀'가 아닌, 그렇다고 '여성'도 아닌 '아버지' 합창단이라니, 지휘자는 실소를 금치 못했다. 생뚱맞은 이름도 그러하려니와 세계에서도 그 유례를 찾아보기 어려웠던 까닭이었다. 더구나 '술'과 '잠'으로 상징되는 오늘, 이땅의 아버지들이 과연 몇이나 참여할 수 있을지에 대한 의구심도 한몫했다.

며칠을 고민한 끝에 지휘자는 드디어 '우리아버지 합창단'이라는 이름을 내걸고 아버지들을 불러 모았다. 놀랍게도, 서울 자하문 근처의 어느 소규모 연주홀에는 모두 20여 명의 아버지들이 모여들었다. 이 소리 없는 쿠데타가 일어난 것은 공교롭게도 5월 16일이었다.

그러나 그것은 시작에 불과했다. 곧이어 12월에 진주아버지 합창단이 만들어지고, 분당 · 서울 · 광주 · 의정부 · 부천 · 대구 등지에서 아버지합창단이 잇따라 생겨나 어느새 전국에 걸쳐 12개의 '아버지' 합창단이 창단되었다. 아버지가 문화의 중심에 서야 비로소 화목한 가정문화가 꽃핀다는 신념을 가진 아버지합창단은 그간 예술의 전당이나 세종문화회관에서 수차례의 연주무대를 가졌다. 그럴 때마다 객석은 전석 만원이고 입장권이 모자랄 판국이었다(물론 입장권 수익은 전액 불우이웃돕기에 쓰여졌다).

한 번은 국회의원 회관에서 연주회가 열렸다. 국회의장을 비롯해서 국회의원 · 보좌진 · 사무직원 등과 그의 가족들이 객석을 가득 메웠다. 지체 높은 분들이 대거 자리했던 터에, 그것은 여느 음악회와는 달리 자연스럽지 못했고, 분위기 또한 적잖이 경직되어 있었다. 아버지 단원들이 차례로 무대에 등장하고 있는데, 객석에서 별안간 "앗, 우리 아버지닷!" 하며 일곱 살쯤으로 보이는 꼬마 하나가 일어나 소리쳤다. 순간 여기저기서 새하얀 웃음꽃들이 피어나기 시작했다. 긴장된 객석의 분위기가 일순 누그러지면서 음악회도 차츰 무르익어 갔다. 무대 위에서 노래하는 아버지를 지켜본 그 아이는 아버지와의 소중한 추억은 물론, 차마 잊을 수 없는 또 하나의 문화를 경험한 셈이다.

아버지합창단은 아마추어 합창단이다. 그러나 오히려 아마추어이기 때문에 직업합창단이나 전문적인 프로합창단이 못 하는 것을 할 수 있는 경우도 많다. 가령 직업 합창단(혹은 전문합창단)이 경원시하는 쉽고 재미있는 레퍼토리와 프로그램을 개발, 무대화할 수 있는 점이 그러하다.

또한 아버지합창단의 연주회에는 어머니합창단이 정중하게 초청되는 때가 많다. 거꾸로 어머니합창단의 음악회에는 아버지합창단이 '러브콜' 당하는 사태(?)가 심심찮게 벌어지기도 한다. 여기에 어린이합창단이 가세할 경우, 그야말로 패밀리합창단이 되는 것이다.

탁계석 평론가는 이러한 아버지합창단을 전국에 100개 이상 만들려는 포부를 갖고 있다. 부산에서도 지난 2005년 8월, 직업이 각각인 30여 명의 아버지들을 불러 모아 '부산푸른 아버지합창단'(지휘 이성훈)의 창단식을 가졌고, 창단 1년 2개월 만인 오는 11월 4일 동래문화회관 대강당에서 대망의 창단연주회를 갖는다. 〈동행〉, 〈웃어요〉, 〈기도〉, 〈살짜기 옵서예〉 등 널리 알려진 노래를 선보일 이번 음악회에는, 특히 옥샘여성합창단이 초청됨으로써 명실공히 '어버이'의 합창무대가 될 전망이다.

고단한 시대, 수고하고 무거운 짐 진 아버지들이여! 술잔을 비우고, 자리에서 일어나 일차 왕림해 보지 않으시겠는가. 음악의 너른 품이 그대들을 쉬게 하리라.

○ 어느 음악교사 이야기

음악교사는 학생들로 하여금 다양한 음악적 경험을 갖게 한다. 그것은 그들의 잠재된 음악성을 계발시킴은 물론, 풍부한 정서와 창조성을 길러줌으로써 마침내 조화로운 인격체를 형성케 하기 위함이다.

그런데 여느 학교와는 달리, 이른바 특수학교에서의 음악교사는 이들 교과목표의 성취뿐만 아니라, 학생들의 삶과 비전을 제시하는 나침반 역할에 오히려 무게 중심을 두는 경우가 많다.

40대 중반의 구영립 씨는 올해로 15년째 특수학교 음악교사로 재직하고 있다. 대학에서 작곡을 전공하며 교원자격증을 딴 그는 졸업 후 곧바로 법무부가 주관

하는 특별교원임용시험에 응시, 합격했다. 그가 교사로서 첫발을 내디딘 곳은 법무부 소속의 비행청소년 전문교육기관인 오륜정보산업학교(옛 부산소년원)였다. 여기에는 일반 학교에서 교우관계, 사회 부적응 따위의 문제로 법원소년부에서 보호처분을 받은 12세 이상 20세 미만의 청소년이 수용된다.

그는 여기서 음악교육을 통해 이들의 정서 함양에 주력하는 한편, 컴퓨터교육 · 전산응용건축제도 · 자동차정비 · 전기용접 · 선반 · 금형 등 직업능력개발훈련을 측후에서 도와준다. 최대 1년 6개월 내에 이들이 한국산업인력공단의 자격증을 취득해서, 퇴원 후 정상적인 사회활동을 할 수 있게 만들어야 하는 까닭이다.

사실 기관에 수용된 청소년들의 가정은 대부분 온전하지 못했다. 가정불화, 부모의 이혼, 가난과 궁핍 등이 부모원망, 무기력, 자괴감으로 증폭되어 점차 스스로를 엇나가게 만든 것이다. 그 가운데는 굶주림에 시달리다 먹을 것을 절도하다 붙잡혀 온 경우도 더러 있었다.

이모 군도 그중 하나였다. 그의 아버지는 횟집에 고

기를 나르는 차량을 몰았다. 어머니와 불화 끝에 이혼한 아버지 밑에서 어렵사리 자라던 그는 설상가상 아버지마저 잃고 말았다. 한밤중 아버지가 도로에서 처참한 교통사고를 당해 끝내 숨지고 말았던 것이다. 한순간 가정을 잃은 그는 세상에 의지할 곳 하나 없는 외톨박이 신세가 되었다.

역사나 지하철에서 웅크려 자는 일은 그나마 할 만했다. 그러나 무엇보다 먹지 못하는 것은 정녕 참을 수 없는 고통이었다. 마침내 그는 절도행각을 벌이기로 마음먹었다. 취객의 주머니를 뒤지기도 하고, 아줌마의 핸드백을 훔쳐 달아나기도 했다.

그에게 수용시설은 차라리 안전했고, 아늑했다. 더 이상 먹고 자는 일로 걱정하지 않아도 되었기 때문이다. 그는 여기서 구영립 교사와 처음 만났다. 교사의 조력을 받으며 그는 누구보다도 음악활동(합주)에 열성적으로 참여했다. 그는 트럼펫을 불었는데, 그가 속한 악대는 2002년 월드컵 홍보단 발대식 축하 퍼레이드에 참가하는가 하면, 금정문화회관 개관식에서도 축하음악을 연주해 적잖은 성가를 올렸다. 나아가 악대는 17

개교가 참여한 전국소년원학교 관악경연대회에 출전해서 당당히 최우수상을 따내기도 했다. 그는 삶의 보람과 기쁨이 어떤 것인지를 이때 처음으로 알았다.

1년간의 수용생활을 마치고 사회에 나가는 그에게 교사는 밥도 먹이고, 대입원서를 사 주며 성공을 바랐다. 이후 그는 서울로 진출, 모 가수의 백댄스와 안무를 맡았다. 연예계 데뷔를 위한 과정이었다. 교사는 명절때마다 꼬박꼬박 인사를 여쭙는 그를 떠올릴라치면, 매양 흐리기만 했던 지난날의 껍질을 깨고 나온 한 인간의 원초적 순수성을 느낀다.

그러나 다양한 음악적 경험을 통해 조화로운 인격체를 구현한다는 음악논리도 이제 빛을 잃어가고 있다. 경제논리가 지나치게 부각되면서 공동체를 위한 정서교육이 이곳에서도 차츰 뒷전으로 밀리는 까닭이다. 영화 〈홀랜드 오피스〉에서처럼 한 푼의 예산을 아끼기 위해 음악 · 연극 등 정서교육이 축소 · 폐지된다면, 그래서 마침내 홀랜드 같은 유능한 교사가 학교에서 쫓겨난다면, 누가 어린 그들에게 삶의 비의(秘意)를 가르쳐 보여 줄 것인가.

○ 오페라에서 생긴 일

오페라(opera, 歌劇)는 독창 · 중창 · 합창 등의 성악, 그리고 여러 기악형태가 포함된 음악의 총체이다. 나아가 그것은 연극적 요소까지 포함된 종합 무대예술이다. 따라서 여기에 등장하는 인물들은 노래의 다양한 기술은 물론, 극에 걸맞는 연기력도 마땅히 갖추어야 한다.

그런데 간혹 오페라 무대에서는 성악가들의 어설픈 연기가 오히려 돋보이는 경우가 있다.

어느 날 푸치니의 〈토스카〉(Tosca) 공연이 열렸다. 토스카는 카바라도시와 연인 사이인데, 둘은 '완전' 사랑에 빠져 있다. 그러나 카바라도시는 옛 친구인 정치

범 안젤로티를 숨겨주었다는 이유로 경시총감 스카르피아에게 쫓긴다(사실 스카르피아는 토스카를 짝사랑해서 틈만 나면 그녀를 카바라도시로부터 빼앗으려 호시탐탐 노리는 자다).

마침내 스카르피아에게 붙잡힌 카바라도시는 제2막에 토스카가 보는 앞에서 극심한 고문을 당한다. 토스카는 연인의 신병을 인도받기 위해서 스카르피아에게 돈을 주려 하지만, 스카르피아는 자신이 요구하는 것이 다름 아닌 그녀임을 고백하고, 그녀의 몸을 정복하지 않고서는 카바라도시를 풀어줄 수 없다고 협박한다. 토스카는 자신을 송두리째 바쳐서라도 연인의 목숨을 살리기로 결심한다. 흐뭇해하는 스카르피아가 그녀의 몸을 탐하려 하는 사이, 토스카는 테이블 위의 칼을 집어 스카르피아의 가슴을 힘껏 찌른다.

이로써 제2막이 내리는데, 스카르피아 역을 맡은 성악가는 토스카의 칼에 찔려 고통 속에 신음한다. 그의 고통은 카바라도시가 당한 고문보다 훨씬 극심했다. 그는 온 무대를 휘저으며 몸부림을 쳤다. 그러다 끝내 자리에 쓰러져 숨을 거두고 마는데, 그의 대단한 열연에 객석에서는 박수갈채가 억수같이 쏟아졌다.

헌데 그가 가만히 실눈을 떠 보니, 자신이 죽은 위치가 하필이면 막이 내려오는 지점이 아닌가? 이미 죽은 그였기에 옴짝달싹 못하고 누워 있었지만, 그 짧은 순간 그의 고민은 이만저만이 아니었다. 그러던 사이, 막은 어느새 코 앞까지 내려왔고 그는 더 늦기 전에 무대 밖으로 나갈 뻔한 자신의 팔을 황급히 안으로 끌어들였다. 그의 동작은 게 눈 감추듯 재빨랐다.

제3막에서는 카바라도시가 간수에게 끌려 나와 처형대에 선다. 병사들이 처형대에 묶인 그의 총살을 위해 발사 준비로 바쁘다. 긴장감은 절정에 달했고, 드디어 '땅!' 소리가 나와야 할 시점이었다. 그런데 웬일인지 총소리가 나오지 않았다. 조연을 맡은 저격수 병사들이 너무 긴장한 나머지 총을 쏘아야 할 시점을 놓쳐 버렸기 때문이었다. 그렇지만 템포대로 음악은 진행되었고, 적당한 시기에 카바라도시도 쓰러졌다. 뒤늦게 총소리가 났지만, 이미 카바라도시가 쓰러진 뒤였다.

이 광경을 목격한 토스카는 쓰러진 연인에게로 한달음에 달려간다. 이어 놀라움과 슬픔에 오열하는 그녀를 체포하려 달려오는 스폴레타(스카르피아의 부하)의 고함소리가 들린다. 이제 모든 것이 끝났다는 것을 깨달은 토스카는 임박한 스폴레타의 손을 피해 안젤로 성벽 위에서 몸을 날린다.

그런데 이럴수가! 토스카가 떨어진 무대 아래는 그냥 맨 바닥이었다. '쿵!' 하는 소리가 어찌나 컸던지 객석 저편까지 들릴 정도였다. 안전을 위해 마련해 두었던 성벽 밑의 대형 쿠션을 청소 아줌마들이 연습 후 곧바로 치워 버렸기 때문이었다. 순간 토스카는 이미 죽은 스카르피아나 카바라도시보다 훨씬 더 큰 고통을 감내하지 않을 수 없었다.

오페라 무대에서 우스꽝스런 일은 심심찮게 벌어진다. 오죽했으면, 오랜 경험을 가진 오현명이 『오페라 실패담』이라는 책을 내기까지 했을까. 이러한 성악가들의 크고 작은 실수는 종종 비극이 희극이 되고, 희극이 비극이 되기도 한다.

그러나 실수한 성악가는 그야말로 죽을 맛이 아닌가. 실수에 값하는 주변의 눈총을 온몸으로 받아야 하니 말이다.

○ 어느 음악학자 이야기

음악 하면 으레 작곡이나 연주 쪽을 떠올리기 쉽다. 그러나 음악에는 이들 외에 또 다른 분야가 있으니, 바로 음악에 관한 학술적 작업인 '연구'가 그것이다. 음악연구(음악학)는 음악을 관찰 · 정리 · 분류 · 평가하며, 개개의 음악 · 작곡가 · 문화권 · 시대 등에 의미를 부여한다는 점에서 중요한 분야이다.

대구에 사는 손태룡(성광고교 교사) 씨는 한국음악사 연구에 다대한 성과를 남긴 음악학자이다. 그는 『한국의 전통악기』, 『한국음악논전』 등은 물론 『대구음악사』, 『영남음악사 연구』 등을 잇따라 씀으로써 특히 지역음악사 연구의 탁월한 본보기를 보였다. 그는 야산을 일궈 옥토를 만드는 개척자와 비견될 수 있겠는데, 그러한 과정에서 겪은 의외의 경험도 적지 않다.

언제였던가. 그는 아직 밝혀지지 않은 대구 출신 음악가들의 호적을 조사한 적이 있었다. 처음 그는 중구청 대민 서비스 창구에 찾아가 이들 음악가의 주소를 써서 호적등본을 신청했다. 그러나 벌써 작고한 지 오랜 이들인지라, 신청한 호적등본이 나올 리 만무했다. 그래서 그는 창고에 보관되어 있는 구(舊) 호적을 모두 확인하는 작업에 매달리게 되었다.

어렵사리 창고 출입을 허락받은 그는 방학 내내 창고 속의 구 호적을 이 잡듯이 뒤지기 시작했다. 그는 매일 아침 직원이 출근하기 최소 30분 전에 출근해서 창고로 향했다. 그들의 눈에 띄지 않기 위해서였다.

그곳은 사람들이 드나들지 않아 먼지가 수북히 쌓여 있었고, 벼룩에 물린 탓인지 온몸이 근질근질해서 작업을 끝낼 양이면 항용 목욕탕에 들러야 했다. 각종 서류로 꽉 찬 창고에서 그가 원하는 호적을 찾는다는 일은 무모하기조차 했다.

그러나 꼬박 한 달을 매달린 결과, 그는 마침내 대

구 출신 음악가 3명의 호적등본을 찾아낼 수 있었다. 그 순간, 그는 혼미한 정신을 놓아버리고 자리에 그만 털썩 주저앉고 말았다.

이 무렵 그를 만나는 직원들은 그를 호적계 직원으로 알았다. 연배가 낮은 어떤 이는 그에게 허리를 굽혀 깎듯이 인사를 건네기도 했다. 의당 그는 고개를 끄덕이며, 짐짓 격려의 덕담도 잊지 않았다.

"흐음, 수고가 많군!"

자칫 신분이 탄로 나면, 작업을 지속하기 어려운 까닭이었다.

한편 오래전에 그는 대구제일소학교 대강당에 관한 자료를 찾기 위해 중앙초등학교(대구제일소학교의 후신)에 취재를 나간 적이 있었다. 그곳은 1926년 8월 30일 한국 최초의 바리톤 가수인 김문보(金文輔, 1900년생)가 부부연주회를 열었고, 1927년 7월 2일 테너 권태호(權泰浩, 1903~1972)가 대구에서 처음으로 독창회를 열었던 곳이라 초창기 대구양악사 연구에서 빼놓을 수 없는 연주 공간이었기 때문이다(권태호는 '나리 나리 개나리 입에 따다 물고요…' 하는 동요의 작곡자이기도 하다).

어느 한 겨울, 그는 검은 채권장사 가방을 달랑 옆구리에 끼고 중앙초등학교 교무실에 들어섰다. 남녀 교사들이 난로 주변에 빙 둘러앉아 불을 쬐고 있었다. 이따금 잡담에 폭소가 터지기도 했다. 그는 교사들 사이를 비집고 들어가 그가 이곳을 찾아온 이유를 간단히 설명했다. 그리고는 인터뷰에 필요한 필기구와 메모지를 꺼내려고 가방을 열었다. 그런데 그 순간, 난데없이 한 여교사가 달려들더니 다짜고짜 가방을 낚아챘다.

"우린 이런 거 필요없어욧!"

그녀의 날선 목소리는 매섭고도 차가웠다.

"저, 그게 아니라, 저는, 그러니까 제가…."

워낙 갑작스런 일이라, 그는 뭐라 항변도 못하고 우물쭈물할 수밖에 없었다. 그러던 사이, 그녀의 금속성 목소리가 또 다시 귓전을 때렸다.

"어서 나가라니깐요!"

이번에는 그녀가 그의 팔을 막무가내로 낚아챘다. 손아귀가 여간 드센 게 아니었다. 아무런 성과도 없이, 억울하게 교무실 밖으로 쫓겨난 그해 겨울은 유난히도 추웠다.

그는 최근작 『사진으로 읽는 음악사』로 2006 문화관광부의 우수학술도서 저작자로 뽑혔다. 오랜 산전수전 끝에 얻은 작은 보람이라고나 할까.

○ 어느 악기제작자 이야기

악기(樂器, Instrument)는 음악적 사고와 질서를 소리로 현실화시키는 도구이며, 그 구조는 인간의 신체에 걸맞게 조형된다. 즉 그것은 인간 지체의 운동과 호흡에 따라 만들어지는 것이다. 특히 18세기 말 유럽의 유행악기로 우뚝 섰고, 20세기에는 전 세계 청소년운동에서 대표적인 악기로 군림했던 기타(guitar)는 섬세한 소리, 다채로운 음색, 그리고 풍부한 표현력을 가진 악기라는 점에서 흔히 '작은 오케스트라'(슈베르트)로 찬미되었다.

1960대 중반의 박정부(괴정 명성악기사 대표) 씨는 올해로 35년째 기타를 제작하는 이 시대의 장인(匠人)이다. 일찍이 그는 명문 진주고교와 서울미대(61학번, 조각 전공)를 졸업했고, 대학 재학시절인 64년에는 당대 최고 권위의 대한민국 미술전람회(국전)에서 영예의 특선을 차지한 경력도 있다. 이 같은 이력을 가진 그가 악기제작자로 평생을 살았다는 것은 퍽 의외의 일이다.

1972년 그는 홀연히 부산 감천으로 내려와 기타 제작회사 피어리스(peerless)에 입사했다. 일본의 자본과 기술력이 투입된 회사는 최고 품질의 악기 생산에 주력했고, 그는 여기서 10년 동안 기타 제작을 위한 엄격한 수련과정을 거쳤다. 여기에는 목재건조법에서부터 악기의 각 부분을 깎는 가공, 요소를 적재적소에 붙이는 조립, 악기에 페인팅을 하는 도장, 줄을 세팅시키는 사상작업 등이 포함되었다.

뿐만 아니라 그는 때때로 일본으로 건너가 현지의 악기 제작자들과 숙식을 함께하며 고난도의 제작기술을 연마하기도 했다. 이로써 그는 훌륭한 악기를 만들기 위해서는 질 좋은 재료, 제대로 된 설계, 탁월한 기술과 폭넓은 경험, 음색을 위한 페인팅 등이 일체되어야 함을 비로소 깨달았다.

그가 악기제작에 몰두했던 70년대는 대학을 중심으로 포크기타(통기타)에 대한 대중적 수요가 급격히 팽창한 시절이었다. 그것은 청바지 · 생맥주 · 미니스커트 · 장발족 · 쌍쌍파티와 더불어 당대 청년문화의 상징이었기 때문이다.

이 무렵 한대수 · 김민기 · 양희은 · 송창식 같은 포크가수가 잇따라 데뷔했고, 그들이 부른 〈행복의 나라〉 · 〈아침이슬〉 · 〈하얀 손수건〉 등 포크가요는 사회적으로 광범위하게 소통되었다. 당시 포크기타는 국내뿐만 아니라 해외에서도 대단한 인기를 누렸는데, 내수시장 규모만도 매달 2만여 대에 이르렀고, 피어리스에서 생산된 4~5만여 대의 포크기타는 전량 해외시장으로 수출될 정도였다.

80년 기술연수차 미국 펜실베니아의 C. F. 마틴사에 연수에 다녀온 그는 1982년 갑작스레 회사를 그만두었다. 기타의 고급화, 클래식기타의 '작품화'를 이루기 위해서였다. 비록 수공예로 소량 생산되었지만, 그것은 해외수출은 물론 국내 대학을 통해 폭넓게 수용되었다.

이 무렵 각 대학에서는 클래식기타 서클이 우후죽순처럼 생겨났고, 이들이 연합회를 결성해서 잇단 콩쿠르를 열었다. 여기서 최우수상을 차지한 사람에게는 그가 만든 기타가 수여되었으며, 특히 대학축제 무대에서 그가 제작한 기타로 합주가 행해질 때 그는 어느 때보다 큰 기쁨과 보람을 느꼈다.

대학에 정규과정이 없는 터라(부산의 4년제 6개 대학 음악학과 어디에도 여전히 전공과정이 없다), 클래식기타는 주로 과외(공과대 · 의과대 등)의 학생들에게 유달리 환영받았다. 클래식기타의 마력에 흠뻑 도취된 의대생 가운데는 본과 진학을 앞두고 유급되는 경우도 더러 생길 정도였다.

그러던 것이 88년 서울올림픽을 기점으로 차츰 퇴조하기 시작했고, 키보드와 일렉트릭기타 등 전자악기가 본격적으로 등장한 90년대 중반에 이르러서는 사양길로 접어들었다. 그가 바이올린 제작 쪽에 무게중심을 두게 된 것도 그러한 까닭이었다.

어언 21세기에 접어든 오늘날, 기타는 그 화려한 명성과 영화를 다시금 누릴 수 있을까? 아니, 뜬눈으로 밤을 새운 희뿌윰한 새벽녘, 마침내 완성된 '작품'의 줄을 튕기면서 느꼈던 그 강렬한 희열을 그는 또다시 경험할 수 있을까?

○ 청중의 풍경

음악회에서 청중(聽衆, audience)은 결혼식의 하객이나 장례식의 조문객과 같은 존재다. 만약 청중이 존재하지 않는 음악회라면, 그것은 결혼식보다 빛나지 않으며 장례식보다 더 을씨년스러울 것이다. 그럼에도 불구하고, 청중은 오랫동안 음악회의 중심에서 밀려나 있다. 그들은 작곡자 · 연주자와는 달리, 단 한 번도 음악회의 주빈으로서 스포트라이트를 받은 적이 없다.

그러나 특정 소수의 귀족이건 불특정 다수의 시민이건 간에 지난날 음악역사를 변화시킨 또 하나의 주역은 엄연히 수용자 청중이며, 그런 점에서 그들은 무대를 향해 박수나 쳐 주는 수동적인 존재가 아니다.

음악회 청중에는 크게 두 가지 유형으로 나누어진다. 먼저 순수하게 음악을 감상하려는 목적을 가진 청중이 있다. 이들은 음악을 감상하겠다는 분명한 의사를 가진 '자발적' 청중이다. 그런데 이와는 달리, 감상을 목적하지 않으면서 음악회에 참여하는 청중도 있다. 누군가의 이끌림에 의해서, 혹은 가지 않으면 모종의 불이익을 당할지 모른다는 두려움 때문에 참여하는 청중이 여기에 해당된다. 이들을 우리는 '강요된' 청중이라 부른다.

강요된 청중은 연령이나 성별은 물론, 직업도 다양하다. 그리고 이들이 음악회의 청중으로 참여한 이유도 제각각이다.

그 가운데 대표선수 격은 뭐니뭐니해도 중 · 고생 청중이라 할 수 있다. 선량한 이들이 음악회를 찾는 때는 대부분 여름과 겨울방학 끝자락이다. 그 이유는 개학이 되자마자 숙제(음악감상문)를 내놓아야 하기 때문이다. 이들은 음악회가 시작된 이후에도 즐겨 같은 또래와 잡담을 하거나, 장난을 치거나, 객석을 넘나들며 자신의 천진성을 한껏 뽐낸다. 이 같은 난만함은 누군가의 제지가 없는 한 공연의 막이 내릴 때까지 계속된다. 그럼에도 그들은 절취된 음악회 티켓이나 팸플릿만큼은 빈틈없이 챙긴다. 그것은 음악교사로부터 공연참여를 인정받는 증명서인 까닭이다.

강요된 청중에는 음악회를 주최하는 연주자의 가족 · 친지도 있다. 여기에는 주인공의 어르신과 형제자매, 나아가 사돈의 팔촌이 포함될 수 있다. 그들은 주인공의 일거수일투족에 깊은 관심을 표명한다. 연주도중 자칫 실수나 저지르지 않을까 노심초사하다가도 연주가 끝나면 마치 기다리기라도 한듯 소나기 박수를 보낸다. 음악회에 익숙한 청중은 휘파람을 불고, 거침없이 '앙코르!'를 연발하기도 한다. 그러나 옴니버스 형식의 음악회일 경우 주인공의 등장과 퇴장에 맞춰 그들은 밀물처럼 밀려오고 썰물처럼 쓸려 나간다. 오직 자신이 지지하는 주인공에게만 애정이 있기 때문이다.

또 다른 청중으로는 '럭셔리'한 아줌마 그룹이 있다. 상류계층의 그들은 여느 청중과 달리 음악회를 선택하는 안목부터 다르다. 그들은 주로 조수미나 사라장 같은 '한국이 낳은 세계적인 연주가', 혹은 외국의 이름난 연주자나 악단의 음악회가 아니면 좀처럼 얼굴을 드러내지 않는다. 적게는 몇만 원, 많게는 몇십만 원에 이르는 입장료라야만 그들의 마음을 움직일 수 있다. 장식만큼 값비싼 티켓을 스스럼없이 구입하는 그들에게 음악회는 일종의 사교공간이 된다. 남들과 차별화되고 상승된 신분을 과시할 수 있는 기회가 제공되기 때문이다. 그렇지만 그들은 자신의 욕망으로부터 자유롭지 못하다는 점에서 강요된 청중이다.

같은 음악계에서 활동하는 연주자들도 적잖은 경우 강요된 청중이 되기는 마찬가지다. 그들은 이른바 '눈도장'을 찍기 위해서 음악회에 참여한다. 결혼식이나 장례식에 가는 것처럼 상대방의 음악적 의식에 참여해야만 그들도 자신의 의식에 참여해 주기 때문이다. 그것은 음악사회의 생태를 위한 상부상조라는 점에서 긍정적인 측면이 없지 않다.

그러나 건전한 음악문화를 꾀하려면 의당 자발적 청중이 많아져야 한다. 그럼에도 여전히 강요된 청중이 줄어들지 않는 이유는 무엇인가? 혹여 청중의 자발적

참여를 이끌어 내지 못하는 음악회의 '여전한' 형식과 내용에 있는 것은 아닌가?

○ 어느 성악가의 술이야기

어느새 한 해의 끝자락이다. 바쿠스(Bacchus)의 후예들이 바야흐로 콧등에 불을 밝힐 모양이다. 모름지기 술 좋아하는 자(者)치고 악인이 없다 하였으니, 그들은 선량하고, 정이 깊으며, 능히 즐거움을 아는 자라 하리라.

대구 출신의 테너 권태호(1903~1972)는 1925년 일본고등음악학교 성악과를 졸업한 엘리트 음악가였다. 1928년 그는 도쿄 히비야 청년회관에서 독창회를 열어 연속 4회의 앙코르를 받은 바 있으며, 그해 5월에는 서울기독청년회관(서울YMCA)에서 슈베르트의 연가곡 〈아름다운 물방앗간의 아가씨〉를 시연했는데, 그것은 독일 리트(Lied, 예술가곡)를 한국에 처음 소개한 음악회로 기록되고 있다.

그는 생전 500여 회의 연주회를 가진 성악가로서, 뿐만 아니라 100여 곡에 이르는 동요 · 교가 · 군가를 만든 작곡가로서도 익히 알려져 있다. 덧붙여, 그는 두주불사형의 애주가로서 술에 얽힌 적잖은 에피소드를 남겼다. 그 가운데 몇몇은 임종국 · 구자익이 엮은 『동서일화집』(東西逸話集)에도 실릴 정도였다.

도쿄에서 멋진 독창회를 끝낸 그가 자리를 옮겨 술집에서 뒷풀이를 가졌다. 평소에 가까운 지인들과 비루(맥주)를 마셨는데, 배가 불러오자 허리띠를 풀고 들이켰다. 며칠이 지나 일본의 한 일간지에 그에 관한 기사가 실렸다. '위대(胃大)한 권태호'라는 제목이었다.

평양 숭실전문 · 광성고보 교사를 지낸 그는 일본고등음악학교에서 교수생활을 하다가 광복이 되어 귀국, 마침내 고향땅에 정착했다.

어느 날, 음주가무를 아쉽게 작파하고 귀가하던 중이었다. 이미 통금시간이 훌쩍 지났고 그는 만취한 상태였다. 연신 비틀거리던 그가, 순간 발을 헛디디는 바람에 그만 하수구에 빠지고 말았다. 양복은 흠빽 젖었고, 온통 퀴퀴한 시궁창 냄새가 코를 찔렀다. 생쥐꼴로 겨우 하수구를 빠져 나온 그는 다시 걸음을 재촉했다. 그런데 몽롱한 의식 속에서도 저만치서 야통순경이 다가오고 있음을 느낀 그가 재빨리 팔을 뻗어 담벼락에 바짝 달라붙었다. 순경이 지나다 웬 사람이 담벼락에 대(大)자로 붙어 서 있기에 "누구요?" 하고 불렀다. 그는 "빨래요" 하고 대답했다.

또 다른 어느 날이었다. 역시 만취한 그가 통금을 어기고 중앙파출소 앞을 휘청휘청 걸어가고 있었다. 파출소 순경이 웬 간 큰 자가 호랑이 굴을 어슬렁거리나 싶어 "거, 누구요?" 하고 물었다. 멀쩡히 걸어가던 그가 순간 두 손을 땅에 짚고 엉금엉금 기어가며 하는 말, "나 개(犬)요."

어느 날, 또다시 대취한 그가 통금이 넘은 새벽, 대로를 걸어 귀가하고 있었다. 누군가 그의 앞길을 가로막고 섰다. 무거운 눈꺼풀을 겨우 올리고 앞을 바라보니, 그는 얼마 전 "거, 누구요?" 하던 그 순경이 아닌가. 그는 불현듯 대로 한가운데 대자로 쓰러져 누우며 순경에게 말했다. "나는 사체(死體)요!"

잠시 경주에 살던 때의 일이었다. 달빛이 교교한 어느 야밤, 여전히 술에 대취한 그가 황오리집으로 가던 중 쪽샘이 있는 언덕받이에 이르렀다. 앞에는 푸릇푸릇한 잔디밭이 펼쳐져 있었는데, 그는 무심코 거기에 들어가 냉큼 드러누웠다. 걱정 근심없이 시원한 그곳에서 그는 지그시 눈을 감고 노래를 부르기 시작했다.

"옛날에 금잔디 동산에 매기 같이 앉아서 놀던 곳…"

얼마나 지났을까. 경주고교 학생 넷이 등교하는 중인데, 어디선가 익숙한 노래소리가 들려왔다. 주위를 휘 둘러보니, 누군가 풀섶에서 〈매기의 추억〉을 부르는 게 아닌가! 그들 가운데 둘이 바지를 걷고 들어와 그를 부축했다.

"선생님, 빨랑 일어나이소. 와 미나리밭에 누워 계십니꺼?"

"뭐, 미나리밭이라고?"

겨우 일으켜 세워진 그가 방금 자기가 누웠던 자리를 내려다보니, 그곳은 잔디밭이 아니라 미나리꽝 진흙

탕이었다.

벗들은 그를 소천(笑泉)이라 불렀다. 그와 함께 있으면 웃음이 샘물처럼 솟아난다는 의미였다. 무엇보다 술은 그 웃음의 원천이었다.

○ 어느 기타리스트 이야기

클래식 기타(classical guitar)는 포크나 일렉트릭 기타와는 달리, 부드럽고 섬세한 현의 떨림과 그 폭넓은 울림이 특히 매력적이다. 더구나 그것은 선율악기로서는 물론 겹음연주를 통해 화음악기로서의 기능도 충실히 수행할 뿐만 아니라, 우아한 여체의 곡선미를 온몸으로 감싸 안고 연주한다는 점에서 마력적(魔力的)이다.

클래식 기타리스트 고충진 씨는 올해로 20년째 음악활동을 벌이고 있다. 클래식 기타 연주에 관한 한 그는 적어도 부산에서 거의 독점적인 지위를 차지한다. 뿐만 아니라, 그는 국내 · 외 각지에서 잇단 초청연주로 말미암아 프로 연주가로서의 입지를 확고히 구축하기도 했다.

1986년, 그는 당시 국내 대학 가운데 유일하게 클래식 기타전공이 개설되었던 피어선 신학대학(현재 평택대)에 진학했다. 하지만 미처 등록금을 마련하지 못한 탓에 중도 퇴학을 당한 그는 홧김에 입대를 작정하고 말았다. 제대 후 그는 자신의 연주력이 아직 녹슬지 않았다는 사실을 확인하기 위해서 대전일보사와 서울심포니에타가 공동으로 주최한 1990년도 제2회 '전국기타콩쿠르'에 출전, 당당히 대상을 획득했다.

그러나 가슴 언저리에는 항용 더 늦기 전에 체계적인 기타 공부를 해야겠다는 열망으로 가득했다. 스물여덟 살이 되던 어느 날, 그는 자신이 운영하던 기타학원을 처분하고, 불현듯 독일유학을 감행한다. 그리고 라이프치히 음악대학에 적을 올린 그는 여기서 기타계의 신성(神聖) 카를로 마키오네(Carlo Marchione)를 만난다. 그는 마키오네의 첫 번째이자 마지막 제자로서 7년간의 짧지 않는 유학생활을 마치고, 2003년 귀국했다.

그해 10월, 그는 서울 · 부산 · 대구 · 부산 등지에서 전국 순회 귀국독주회를 잇따라 열었다. 반응은 기대 이상이었고, 클래식 기타 음악의 새로운 가능성도 엿보였다. 성공적인 독주회 덕분일까. 쇄도하는 초청연주를 감당하기 어려울 지경이었다. 교회 · 학교 · 병원 · 학원은 물론, 전문합창단 · 교향악단 · 동아리 · 자선단체 등에서 잇단 '러브콜'을 보내왔기 때문이다. 그 결과 그는 매년 80여 회, 지금까지 300여 회의 적잖은 연주회를 경험할 수 있었다. 특히 지난 11월 말, 러시아 블라디보스토크에서의 초청연주는 그에게 결코 잊을 수 없는 감동의 순간을 안겨주었다. 기타 트리오의 일원으로 초청된 그가 현지 공연장에 들어서 보니, 그곳은 오래되어 후줄근했고, 500여 석 규모의 객석은 하나같이 낡은 채였다.

'고려인 몇몇이나 오겠지'라며 가벼운 마음으로 리허설을 마친 연주자들은 곧 시작될 연주시간을 기다리고 있었다. 15분쯤 전이었을까. 난데없이 웅성대고 술렁거리는 객석의 소란이 무대 뒤 대기실까지 들려오는 것이 아닌가. 무슨 일인가 싶어 곁눈으로 살짝 객석을 염탐한 그는 실로 경이로운 광경을 목격하지 않을 수 없었다. 객석은 입추의 여지없이 빽빽이 들어찼고, 밀고 밀리는 가운데 곳곳에서 소란이 일어나고 있었던 것이다. 남은 객석이 없었으므로 더러는 보조의자에 앉고, 더러는 객석 뒤편에 병풍처럼 둘러 서 있었다.

마침내 연주가 시작되었고, 순간 객석은 쥐 죽은 듯 조용했다. 준비한 레퍼토리가 모두 끝나자, 청중은 누구랄 것도 없이 모두 자리에서 일어나 열렬한 기립박수를 보냈다. 그것은 다음 날 같은 무대에서도, 그다음 날 하바로프스크에서 가진 연주회에서도 마찬가지였다. 전석 매진을 기록한 이 연주회는 그렇다고 무료이거나 티켓값이 싼 것도 아니었다(한화로 1만 5,000원 정도). 더욱이 하바로프스크 연주 때는 어느 교사가 30여 명의 초등학교 고학년생을 이끌고 와서 음악회를 관람했다. 그들은 대중 교통으로 3시간 이상이나 걸려 겨우 공연장에 도착했는데, 그야말로 그들은 '산 넘고 물 건너' 온 청중이었던 셈이다.

연주를 끝낸 주자들이 로비로 나서자, 어린 학생들이 그들 주위를 에워쌌다. 그리고 자신들이 준비해 온 초콜릿을 연주들에게 나누어 주기 시작했다. 훌륭한 연주에 대한 감사의 표시였다. 그때 그는 '밥은 못 먹어도 음악은 듣는다'는 그들의 문화에 새삼 경의를 표하지 않을 수 없었다. '밥은 먹어도 음악은 듣지 않는' 이 시대에, 우리는 과연 그런 청중을 만날 수 있을까.

○ 어느 지휘자 이야기

서양음악을 전공하는 학생들 중에는 외국유학을 떠나는 경우가 적지 않다. 이른바 '본고장'이라 지칭되는 독일 · 이탈리아 · 오스트리아 · 프랑스 등지가 그들의 주요한 배움터가 된다. 그들은 유서 깊은 서유럽 음악문화를 실제로 경험하기 위해서, 때로는 국내의 불비한 교육환경 탓에 산 설고 물 선 땅으로 건너간다.

40대 초반의 지휘자 장진(인코리안심포니오케스트라 전임지휘자)도 그 가운데 한 사람이었다. 더욱이 빠르면 5년, 늦어도 10년이면 금의환향할 일을 그는 무려 13년이나 걸렸다.

경성대 재학시절, 그는 스승인 지휘자 이범승이 주

재하는 '지휘 세미나'에 참여했다. 수년간의 세미나가 끝나던 어느 날, 스승이 그를 불러 말했다.

"너는 오스트리아로 가서 지휘를 공부해라!"

그는 오직 스승의 이 말씀을 좇아 1992년 졸업과 동시에 오스트리아로 떠났다. 김포공항에서 프랑크푸르트를 경유, 꼭 16시간 만에 비엔나공항에 도착했다. 무심코 낯선 땅에 떨어진 그는, 그러나 이제부터 무엇을, 어떻게 해야 할지 막막하기 이를 데 없었다. 아무런 연고도, 지인도 없이 무작정 고향을 떠나 온 까닭이었다.

공항 로비에 쭈그려 앉았던 그에게 다가온 것은 다행히도 선교차 나왔던 비엔나 한인교회 사람들이었다. 그들은 친절했고, 따뜻했다. 이들의 도움으로 그는 인근 호텔에서 겨우 하룻밤을 묵고 이튿날 한 푼이라도 아끼기 위해 거처를 여관방으로 옮겼다.

그는 어학원에 다니며 입학 준비를 서둘렀다. 그러면서 늘상 오후가 되면 비엔나필하모닉오케스트라 전용연습실에 죽치고 앉아 명지휘자의 리허설 장면을 구경했다. 물론 그는 뒷문으로 몰래 들어간 도둑관객이었고 그곳에서는 아바도 · 시노폴리 · 프레빈 · 불레즈 · 메타 · 얀손 · 마젤 등의 리허설이 자주 이루어졌다. 비공개 리허설로 유명한 리카르도 무티의 연습 때는 지휘자가 수위를 시켜 쫓아내는 바람에, 이후 단 한 번도 그의 연주회에는 가지 않았다.

'황금의 홀'이라 불리는 그곳은 비엔나 신년음악회 연주장소로 잘 알려져 있다. 새해 첫날 연주회에 앞서 12월 31일에는 으레 최종 리허설을 갖게 되는데, 이때는 대통령을 비롯해서 국방부 수뇌부와 장교 · 사병 등이 자리를 가득 메운다. 티켓이 매진되는 것은 두말할 나위가 없다. 그러나 그는 수위에게 60실링(한화 4,200원 정도)만 상납하면 언제라도 입장할 수 있었다. 매일같이 그곳을 드나들며 수위와 깊은 교분을 맺어 둔 덕택이었다. 그렇지만 그 수위는 60실링 이상은 절대로 받지 않았다. 100실링을 주기라도 할 양이면, 항용 40실링의 거스름돈은 되돌려 주었다.

어려운 시절을 감내한 결과, 그는 마침내 린츠의 브루크너 주립음대 오케스트라 지휘과 및 합창 지휘과를 졸업하고, 내친김에 음악이론과와 작곡과 최고과정에 들어가 수석으로 끝마쳤다. 이 무렵 그는 1996년부터 마트하우젠 · 노이펠덴 합창단과 네팅스도르프오케스트라의 수석지휘자로 활동하는가 하면, 무지카 카프리치오사 합창단 · 체코 버드와이저 오케스트라 객원지휘자로서 30여 회의 크고 작은 연주회를 잇따라 가졌다. 그의 비약적인 음악활동은 오스트리아 저널리즘의 주요 관심의 표적이 되기도 했다. 일간지 〈오버 웨스트라이흐〉와 주간지 〈룬트샤우〉로부터 '오늘의 음악가'로 선정된 까닭이었다.

2004년에 그는 비로소 고향땅을 밟았다. 화려하고 장엄하지만, 결코 엄밀하고 섬세한 다이내믹을 놓치지 않는 그의 지휘어법은 특히 베토벤 · 브람스 · 바그너 · 브루크너 · 스트라빈스키 등의 교향곡 및 협주곡에서 그 진가를 발휘했다. 그것은 지난 9월 '인코리안, 운명을 말하다'에서 "난세를 평정하는 지혜 넘치는 용장의 모습"(안일웅 연주평)을 보여줌으로써 새삼 확인되었다.

새해 들어 그는 '변방의 음악' 시리즈를 꾸밀 계획이다. 서유럽의 변방, 즉 북유럽 · 동유럽 · 유라시아 음악이 그 주요 레퍼토리가 될 것이다. 젊은 지휘자의 빛나는 연주무대를 즐거운 마음으로 기대한다.

○ 어느 만학도 이야기

올해 마흔일곱의 심용보 씨는 동의대 학점은행제 음악학과에서 서양 타악기를 전공하는 늦깎이 대학생이다. 동시에, 그는 부산교육청 직속 학생교육수련원에서 고교 1년생들을 대상으로 하는 수련활동(풍물놀이)의 지도교사이기도 하다.

일찍이 그는 정비기사 1급 자격증을 획득, 자동차회사에서 몇 년간 근무하다 손해보험회사로 직장을 옮겼다. 여기서 그는 13년간 교통사고 차의 대인 · 대물 보상처리를 담당했다. 자동차 보험업의 경우, 자동차 정비 자격증을 소지해야만 그 업무를 맡을 수 있기 때문에 그것이 그에게 전혀 엉뚱한 일은 아니었던 셈이다.

1990년대 초, 그는 당시 유행하던 사물놀이에 관심을 가졌다. 취미로 사물(꽹과리 · 장고 · 징 · 북)을 배우면서 그는 자신의 몸과 마음을 송두리째 여기에 빼앗기고 말았다. 사물의 역동성이 그의 내면에 잠들어 있던 원초적 생명을 온통 뒤흔들어 놓았기 때문이다. 그는 더 이상 멈출 수 없었다. 김덕수 패를 쫓아다니며 10여 년에 걸쳐 사물놀이를 전수받았다. 이도 모자라 1999년에 다니던 직장을 그만두고 친구와 함께 자영업을 하면서 본격적으로 국악공부와 국악교육에 매달리게 되었다. 대학에서 정식으로 음악공부를 한 그는 유치원에서부터 대학까지 강사로 활동하기에 이르렀다. 갖가지 문화행사가 있을 양이면 그는 으레 초청되었고 그때마다 그의 연주에 청중들은 억수 같은 박수세례를 보냈다.

그러나 우리나라 사람들의 전통음악에 대한 무관심과 편견으로 마음이 아픈 적도 한두 번이 아니었다. 가령 악기만 하더라도 그랬다. 대학 동아리 놀이패의 경우, 그것이 북이든 징이든 쉬는 시간만 되면 이를 깔고 앉기에 바빴다. 그것이 훌륭한 음악을 빚어내는 소중한 악기인데도 말이다. 더구나 사람들은 수십만 원에서 수백만 원을 호가하는 양악기 값은 당연시하면서도 정작 몇만 원에서 몇십만 원에 불과한 사물악기에 대해서는 "머 그리도 비싸노?"라며 툴툴대기 일쑤다(꽹과리는 3만 원, 장고는 10만 원 정도면 살 수 있다).

지난 1999년 12월 31일 밤 다국적 재즈그룹 '레드 선'이 파라다이스 호텔에서 송년공연을 가진 적이 있었다(이 그룹은 김덕수 사물놀이패와 함께 크로스오버 음반을 만들기도 했다). 거의 자정에 이르러 공연이 끝났고, 그들은 MBC 새해맞이 생방송에 출연하기 위해서 해운대 바닷가로 서둘러 악기를 옮길 참이었다. 그는 바쁜 그들을 돕고자 옆에 놓였던 베이스 기타를 목적지까지 옮겨다 주었다.

그런데 기타 주인(자말라딘 타쿠마)이 그에게 대뜸 "내 악기는 내가 옮긴다! 왜, 당신이 내 악기에 손을 대느냐?"며 버럭 화를 내는 게 아닌가. 그러더니 한술 더 떠서 방송에도 나가지 않겠다며 버티기까지 했다. 부랴부랴 그는 통역을 시켜 오해를 해명하지 않을 수 없었다.

"나도 당신과 같은 아티스트다. 당신의 짐을 덜어

주려고 기타를 옮겼을 뿐이다."

술 받아 주고 뺨 맞는다던가. 그는 그저 어안이 벙벙했지만, 한편으로 자신의 악기를 신줏단지 모시듯 하는 그 연주자가 새삼 부럽기조차 했다.

그는 연주를 잘하는 일보다 한국의 국악교육에 더 관심이 많다. 사람들이 우리 전통문화를 제대로 향유하기를 바라기 때문이다. 늦게나마 대학에서 서양음악과 악기(팀파니)를 배우게 된 것을 무척 다행스럽게 생각한다. 이종(異種)의 동서음악에 대한 이해가, '다름의 문화'를 통합적으로 바라볼 수 있게 하기 때문이다. 더구나 오늘날은 이미 하이브리드(hybrid, 혼종) 시대가 아닌가. 마침내 그 같은 제3의 경계인(境界人)이 오히려 필요한 시대가 온 것이다.

새로운 시대는 더 이상 순혈주의(純血主義)를 요구하지 않을 것이다. 그것은 과거 패거리와 칸막이 문화를 낳았고, 오랫동안 창조적 다양성을 거세시켜 왔던 터이다. 음악에서도 크로스오버 · 팝페라 · 퓨전이 '뜨고' 있지 않는가. 이 같은 혼종문화는 새해 들어 더욱 빛을 발할 것으로 보인다.

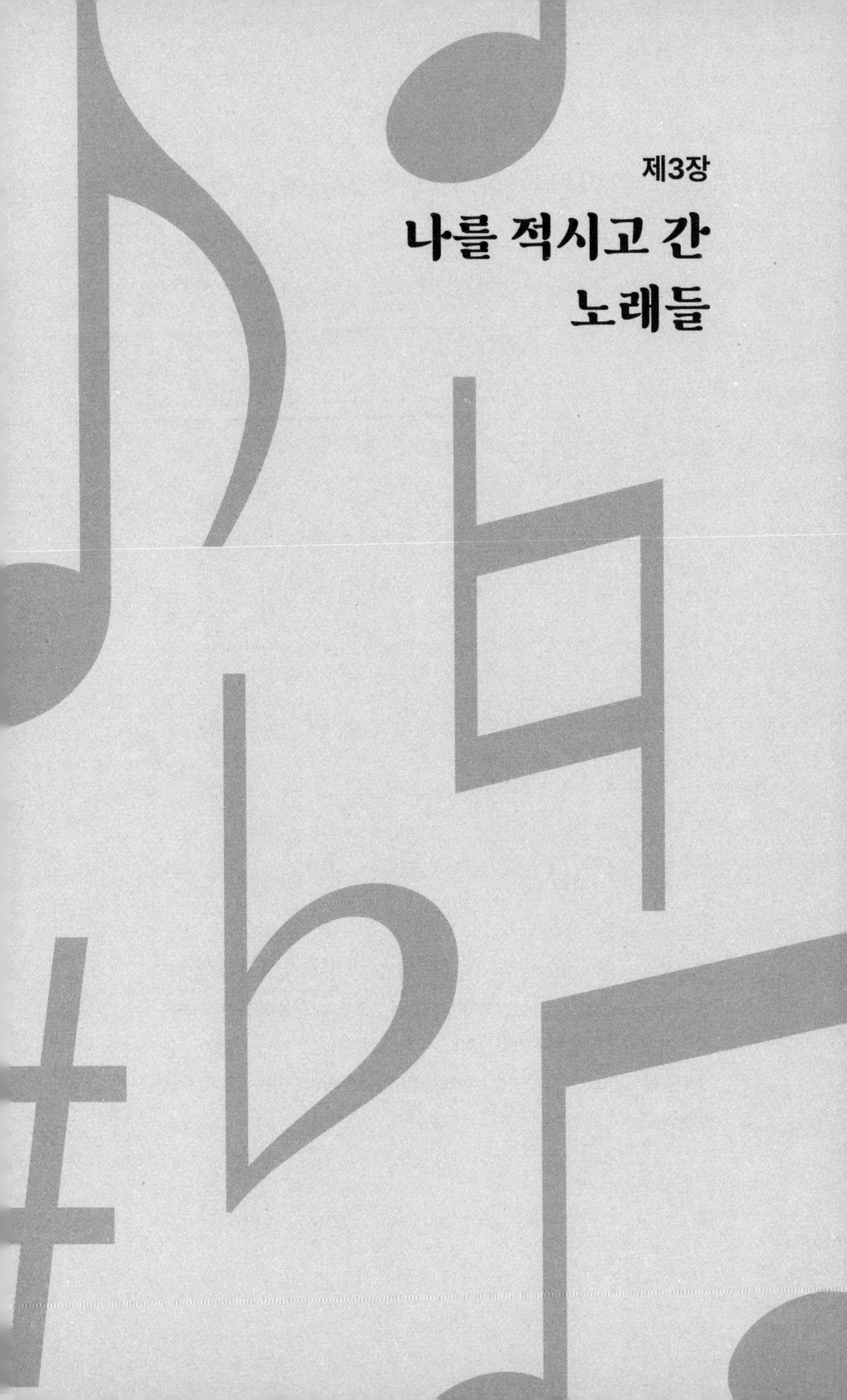

제3장

나를 적시고 간 노래들

♪

이 장에 실린 글은 2017년 인터넷신문 <인저리타임>에 '삶과 생각: 음악풍경'이라는 타이틀로 연재했던 것이다. 글 쓸 기회를 기꺼이 제공해 주신 조송현 발행인께 진심으로 감사드린다. 한편 '나를 적시고 간 노래들'이라는 제목은 안도현의 산문집 『사람』(이레, 2002), 70쪽에서 따왔음을 미리 밝혀 둔다.

○ 나이도 어린데

나는 아직 당신을 사랑할 만한 나이가 아니에요
나는 아직 당신과 둘이서만 외출할 수 있는 나이
가 못 되어요
만약 당신이 나를 그때까지 기다려 준다면
그날 나의 모든 사랑을 당신께 드리겠어요

이탈리아 가수 질리올라 칭케티(Gigliola Cinquetti 1947~)가 노래한 〈나이도 어린데〉(Non Ho L'Età)는 마리오 판제리(Mario Panzeri)가 쓴 가사에 니콜라 살레르노(Nicola Salerno)가 선율을 얹었다. 열여섯 살짜리 칭케티의 산레모 가요제 데뷔곡이기도 하다.

이 노래는 어느 소녀의 사랑 이야기를 담고 있다. 한 사내가 어렵사리 소녀에게 말을 건넨다. 둘이서 바깥 바람이나 쐬러 가자고. 수줍은 소녀는 순간 얼굴이 붉어졌다. 그리고 숨이 막힐 만큼 가슴이 떨려 왔다. 하지만 소녀는 차마 사내의 제안을 받아들이지 못한다. 아직 나이가 어렸으니까.

순수의 시대, 내가 고등학생 때인 80년대만 해도 그랬다. 여학생을 만나거나, 이성과 터놓고 얘기 나눈다는 것이 자유롭지 않았다. 기껏, 여고 학예제에 가서 그림이나 시화(詩畫)를 구경하는 정도였다고 할까?

그 무렵 나는 미션스쿨에 다녔다. 그러나 아침마다 들리는 '하나님 아버지', '아멘', '주여' 같은 말들이 싫어, 아예 토요일마다 산사에서 열리는 불교학생회에 입회해 버렸다. 거기에는 시내 여러 고등학교 학생들이 참여했는데, 내 또래 여고 2학년생도 많았다.

그 가운데 수려한 미모가 빛나는 여학생이 없지 않았다. 특히 B여상의 이모 양과 H여고 황모 양은 가히 군계이학(群鷄二鶴)으로 쌍벽을 이루고 있었다. 힐끔힐끔 눈길 주지 않는 남학생이 없었다. 물론 나도 그랬다.

남학생들은 이성에 대한 강렬한 열망에도 불구하고, 한결같이 내숭만 떨 뿐이었다.

그러던 어느 날 산사에서 3천 배, 즉 절을 3천 번이나 하는 행사가 열렸다. 시간은 대략 저녁 8시부터 이튿날이 희뿌윰히 밝아올 때까지였다. 다들 절을 시작했다. 얼마 지나지 않아 다리가 아파 오고, 숨이 턱턱 막혀 왔다. 비 오듯 쏟아지는 땀방울조차 닦을 새도 없었다.

실로 고통의 바다였다. 내가 왜 이 짓을 하고 있는지 알 수 없었다. 그러나 남학생들은 누구 하나 도중에 포기하지 않았다. 나도 그럴 수 없었다. 우리 뒤쪽에는 여학생들이 병풍처럼 둘러 서 있었고, 그중에 군계이학이 나의 뒷모습을 똑똑히 지켜보고 있었기 때문이다. 비록 한마디 말도 붙이지 못했지만, 참으로 아름다운 시절이었다. 아직 나이가 어렸으니까.

○ 예써, 아이 캔 부기

이봐요, 당신의 눈이 머뭇거림으로 가득하군요
당신이 찾는 걸 알고 있는지 의구심마저 드는군요
이봐요, 난 명성을 유지하길 원하죠
난 감동 그 자체죠
한 번 더 내게 시도해 봐요, 좀 더 간청해 봐요.

〈예써, 아이 캔 부기〉(Yes Sir, I can Boogie)는 스페인의 여성 듀엣 바카라(Baccara)의 히트곡이다. 'Baccara'는 독일어로 '장미'라는 뜻인데, 멤버는 마리아 메디올로와 메이테 마테우스. 섹시한 눈빛, 끈적거리는 목소리, 그들은 1977년부터 1981년 해산될 때까지 뭇 남정

네의 마음을 온통 뒤흔들어 놓았다. 특히 도입부의 불그레한 신음소리가 사뭇 자극적이다.

묘하게도 그날, 라디오에서 이 노래가 흘러 나오고 있었다. 그래서일까, 이 노래를 들을 때마다 그때 벌어졌던 그 아득한 광경이 새삼 떠오르곤 한다.

몇 해 전 삼복더위, 대저(大渚) 본가에 다녀오던 어느 백주대낮이었다. 나는 시골길 노상에서 흘레붙는 한 쌍의 개를 만났다. 고양이만 한 흰둥이 밑에 송아지만 한 누렁이가 깔린 채 농염(濃艶)한 신음을 흘리고 있었다.

코끝까지 진주(進駐)한 자동차 앞에서도 그들은 막무가내, 오직 자기네 사랑놀음에 탐닉하고 있었다. 작열하는 태양 아래서, 그들은 이따금 가쁜 숨을 몰아쉬었다. 거기에는 흑백이나 좌우, 상하의 어떠한 경계나 갈등도 없었다. 오직 혼연일체(渾然一體)의 완전합일(完全合一)만이 자리한 적멸(寂滅)의 시간이었다.

하는 수 없이 나는 몰던 차를 멈추었다. 그리고 경적을 꾹꾹 눌러댔다. 한참이나 뜸 들이던 놈들은 그제서야 부스스한 몰골로 겨우 자리를 털고 일어섰다. 고양이만 한 흰둥이는 혓바닥으로 연신 자기 입술을 낼름 낼름 훔쳐댔다. 눈꼽이 낀 채 쩝쩝 입맛을 다시는 녀석의 모습이 못내 아쉬운 표정이었다.

그들의 열락(悅樂)을 한순간에 빼앗은 나는 잠시 미안한 마음이 들었다. 낯선 국외자(局外者)의 침탈로 자신들의 원초적 본능을 거세당한 것은 틀림없는 사실이었기 때문이다.

그렇지만 놈들도 내게 최소한의 미안한 마음을 가져야 했다. 그 많은 풀섶을 두고, 하필이면 왜 내가 건너 가려는 그 길 한가운데인가? 후끈후끈 30도를 오르내리는 땡볕 아래서, 왜 하필 말초신경이 유독 예민한 내 앞에서인가?

○ 저 타는 불길을 보라

저 장작더미의 두려운 불길이 내 온몸을 삼키고 태운다!
극악무도한 놈들아, 꺼라!
그렇지 않으면 당장 내가 너희들 피로 꺼 주겠다!
레오노라, 나는 당신에 대한 사랑에 앞서 내 어머니의 아들
고통받는 어머니를 두고 그대로 앉아 있을 수는 없소
불행한 어머니, 당신을 구하러 달려 갑니다!

〈저 타는 불길을 보라〉(Di quella pira)는 거장 베

르디(G. Verdi 1813~1901)의 오페라 〈일 트로바토레〉(Il Trovatore) 제3막에 나오는 주인공 만리코의 아리아다. 만리코는 적에게 붙들린 어머니가 곧 화형에 처해진다는 소식을 듣자마자 이 노래를 부르며 달려간다.

타오르는 불길과도 같은 이 노래는 빛나는 음색, 폭발적인 가창력, 극적인 호소력을 가진 성악가가 불러야 제격이다. 요컨대 20세기 최고의 드라마틱 테너, 마리오 델 모나코(Mario Del Monaco, 1915~1982)를 첫손에 꼽지 않을 수 없다. 지금껏 '황금의 트럼펫'을 능가하는 목소리를 들은 바 없기 때문이다.

이 노래를 들을 적마다 아주 오랜 옛날, 내가 저지른 일이 생각난다. 아마 예닐곱 살이나 되었을까? 나는 두 번씩이나 집에 불을 냈다. 한 번은 작은 불, 또 한 번은 아주 큰 불이었다. 집안에 무슨 불만이 있어 그런 것이 아니라, 순전히 불장난이 오래 가는 바람에 벌어진 일이었다.

예전 시골마을에서는 가을걷이가 끝나면, 탈곡된 짚단을 차곡차곡 쌓아 올려 집채만 한 짚삐까리(짚을 쌓은 더미)를 만들었다. 볏짚의 쓰임새는 많고 많았다. 손으로 비벼 새끼줄을 꼬거나, 작두로 촘촘히 썰어서 겨울 한철 쇠죽을 끓였다. 하다못해 부엌 아궁이에 불을 지필 때 쓰기도 했다.

우리집은 비교적 대농(大農)이었던 까닭에 짚삐까리가 두 개나 되었다. 정월 대보름이 되면, 추수가 끝나 휑한 논바닥에 달집을 지었다. 먼저 대나무로 뼈대를 세우고 볏짚으로 둘레를 쳤다. 마침내 달이 떠오르면, 우리는 달집을 태우며 각자 소원을 빌었다.

달집 태우기가 끝나면, 쥐불놀이도 했다. 본디 쥐불놀이는 쥐를 쫓기 위해 논밭둑에 불을 놓는 풍습인데, 우리는 깡통에 불을 담아 어둠 속에 빙빙 돌렸다. 둥그런 모양으로 그려지는 불빛이 꽤나 재미를 자아냈다. 그 재미는 대보름이 끝나고도 계속되었다.

어느 날, 벌건 대낮이었다. 작은형과 나는 짚삐까리 앞에서 쥐불놀이를 즐기고 있었다. 바로 그때였다. 불현듯 찬바람이 우리를 향해 훅 불어왔다. 불은 볏짚으로 옮아 붙었고, 순식간에 불길이 짚삐까리를 타고 올라갔다. 손바닥으로 막아보려 했으나, 어림없는 짓이었다. 오히려 손과 얼굴, 그리고 옷가지가 온통 검댕이 칠

갑이었다.

불길은 무시무시한 힘을 발휘하며 타올랐다. 어느새 전깃줄에 닿을락말락 그 붉은 혓바닥을 낼름거렸다. 불길은 곧 우리 집 지붕으로 옮겨 붙을 심산이었다. 타오르는 불길은 화려하고 찬란했다. 그때 어디선가 "불이야!" 하는 소리가 들려왔다. 순간 엄마 · 아부지의 성난 얼굴이 떠올랐으나, 잠시였다. 불길이 낙일(落日)의 타는 노을만큼이나 장려(壯麗)했기 때문이다.

"우우~ 불이야!" 하는 소리에 고개를 돌려 보니, 동네 사람들이 득달같이 달려오고 있었다. 아저씨들은 손에 손에 양동이를 들었고, 아줌마들은 머리마다 물동이를 이고 뛰어왔다. 덩달아 동네 아이들과 바둑이들도 다들 제 세상을 만난 양 냅다 달려오고 있었다.

비로소 형과 나는 오금을 펴지 못할 만큼 두려워졌다. 우리는 사람들의 눈에 띄지 못하도록 집 뒤편으로 슬금슬금 꽁무니를 내뺐다. 머리카락이 보이지 않으려면 가능한 멀리 도망쳐야 했다. 우리는 빠짝 마른 도랑으로 뛰어들었다. 그리고 따사로운 양지를 찾아 드러누웠다. 하늘에는 흰 구름이 서너 점 흘러가고 있었다.

그러던 중에 우리는 누가 먼저랄 것도 없이 깜빡 잠이 들었다. 깨어 보니, 벌써 어둠이 우리를 에워싸고 있었다. 꼬르륵 배가 고파 왔다. 달리 갈 곳이 없었던 우리는 '자수하여 광명 찾자'는 마음으로 순순히 집으로 향했다. 다리는 갈수록 무거워졌고, 당장 코앞에 벌어질 사태를 생각하니 그만 그 자리에 쓰러져 죽고 싶었다.

그런데 웬일일까? 의외로 집은 평온했고, 엄마 · 아부지 · 할매 · 큰형 가운데 그 누구도 우리를 나무라거나 탓하지 않았다. 다만 우리는 한동안 숨죽이고 살아야 했다. 고분고분 착실히 말도 잘 들어야 했다. 쉽지 않은 겨울나기였다.

○ 플랜더스의 개

먼동이 트는 아침에
길게 뻗은 가로수를 누비며
잊을 수 없는 우리의 이 길을
파트라슈와 함께 걸었네
하늘과 맞닿은 이 길을

「플랜더스의 개」(A Dog of Flanders)는 소년 네로(Nello)와 개 파트라슈(Patrasche)에 관한 이야기다. 1872년 영국인 여류 작가 위다(Ouida)가 쓴 소설을 1975년 일본 구로다 요시오 감독이 TV 애니메이션로 각색했다.

〈플랜더스의 개〉는 어린 시절, 수많은 동심을 울렸

던 만화영화다. 그 주제곡만 들어도 순수하고 아름다운 장면들이 마치 파노라마처럼 스치고 지나간다. 그런 동시에, 세상에 개만큼 충직한 짐승이 또 있을까 하는 생각도 든다. 물에 빠진 주인을 구한 개, 불난 집에서 사람을 살린 개 등 그 사례가 무수히 많기 때문이다.

흑백 TV에서 본 〈플랜더스의 개〉를 떠올리면, 초등학교 국어책에 나왔던 바둑이가 생각난다. 그리고 그 바둑이와 늘 단짝으로 어울렸던 철수와 영희도 떠오른다. 뿐만 아니라, 어릴 적 대저 고향집에서 키우던 바둑이 생각도 절로 난다.

동네에는 '덕구'(dog의 한국식 이름)라는 소박한 이름을 가진 바둑이도 없지 않았으나, 우리 집 바둑이 이름은 언제나 '헤리'였다. 헤리가 낳은 새끼도 헤리고, 새로 들여온 바둑이도 헤리였다. 왜 이름을 헤리로 불렀는지 지금도 알 수 없다.

우리 집에는 고양이도 살고 있었다. 이름도 없는 그는 시도 때도 없이 방 안팎을 들락거렸다. 방구석에 똥오줌을 싸는 때도 종종 있었다. 그렇지만 누구 하나 그를 꾸짖지 않았다. 그래서인지, 그는 마님 행세라도 하는 양 언제나 여유만만한 자태를 뽐냈다.

그러나 헤리는 달랐다. 애당초 그는 머슴 신세였다. 그는 늘 마당가 쇠말뚝에 목줄로 매어져 있었고, 이따금 짖는 소리로 식구들에게 국외자의 등장을 알렸다. 물론 집집마다 개를 묶어 두는 이유는 있었다. 쥐약을 먹고 죽는 일이 많았으니까.

70년대만 해도 우리 동네는 곳곳에 쥐약을 놓았다. 쥐떼들이 들녘을 몰려다니며 다 익은 나락을 갉아먹는가 하면, 심지어 가마니를 쌓아 둔 곳간까지 침투해서 양식을 아작내기 일쑤였다. 그러다 보니, 학교에서도 '쥐잡기' 숙제를 냈다. 동네방네 휘젓고 다니는 쥐를 잡아 그 꼬리를 잘라오는 일이었다. 꼬리가 많을수록 아이는 선생님의 상찬을 받았고, 으레 의기양양한 장군이 되었다.

어린 나는, 목줄에 매어져 둘레만 맴돌던 바둑이가 안쓰러웠다. 잠시나마 그곳으로부터 해방시켜 주고 싶었다. 마침내 나는 헤리의 목줄을 풀었다. 이제 그는 자유의 몸이 되었고, 연방 꼬리를 흔들어댔다. 내가 걸으면, 그는 앞서거니 뒷서거니 하며 나를 따라 걸었다. 내가 달리기라도 할 때면, 그는 길이든 들판이든 함께 내달렸다. 멀리 공을 던지고는 "헤~리!"라 소리치면, 그는 순식간에 달려가 공을 물고 뛰어왔다.

그러던 어느 겨울 아침, 헤리가 보이지 않았다. 개집에도 없고, 마구간에도, 곳간에도 없었다. 논밭을 찾아 헤맸으나, 끝내 보이지 않았다. 혹시나 해서 나락 뒤주(탈곡한 나락을 담아두던 것으로 쥐 떼의 피해를 막기 위해 함석판으로 만듦) 밑을 살폈다. 어둑해서 잘 보이지 않았다. 랜턴을 켰다. 아, 거기에는, 그 깊숙한 곳에는, 그토록 찾아 헤맸던 헤리가 웅크리고 누워 있는 게 아닌가! 그의 입가에는 거품이 말라 있었고, 뒤집힌 눈에서 시퍼런 빛을 내뿜고 있었다.

간밤에 그는 배가 무척 고팠을 것이다. 먹거리를 찾아 동네를 한 바퀴 돌았을 것이다. 어디선가 먹음직한 냄새가 코를 찔렀고, 그는 앞뒤 가리지 않고 그것을 해치웠으리라. 속이 뜨거워지고, 급기야 불덩이가 온몸으로 타들어 갔을 것이다. 사방 천지로 미쳐 날뛰던 그는 마침내 사력을 다해 주인집을 찾았을 것이다.

뒤주 밑에서 겨우 그를 꺼냈다. 석고처럼 굳어버린

헤리를 리어카에 실었다. 나는 집에서 보이지 않을 만큼 떨어진 뒷논까지 리어카를 끌었다. 삽으로 땅을 팠다. 얼어붙은 땅에 삽이 잘 들어가지 않았다. 어렵사리 그를 파묻은 나는 빈 리어카를 끌고 터덜터덜 집으로 돌아왔다. 마당가에 놓여 있는 개집에 자꾸만 눈길이 갔다. 텅 빈 개집, 개밥 그릇에는 밥알들이 싸늘하게 말라붙어 있었다.

○ 소녀의 기도

바람 불면 흩어지는
쓸쓸한 낙엽이 모두
잠에 취한 이슬처럼 아른거려요

떠난 사랑을 그리워하는
서글픈 마음뿐인데
혼자 남아서 지켜야 하는
외로움이 나를 울리네

나는 나는 붙잡지도 못한 아쉬움에
낙엽되어 계절 속에 나를 묻으며

봄이 다시 찾아오길 나는 빌어요
이 밤 지새고 나면

가수 이선희는 1984년 제5회 MBC 강변가요제에서 〈J에게〉로 대상을 받고 가요계에 데뷔했다. 부드럽고 여린 목소리, 그러나 특유의 파워풀한 고음은 젊은 여성들뿐만 아니라, 남성들의 감성까지 사로잡았다. 내 감성도 그녀에게 포획되었음은 물론이다.

그녀는 수많은 힛트곡을 남겼다. 〈아! 옛날이여〉를 비롯해서 〈갈등〉, 〈갈바람〉, 〈나는 사랑에 빠졌어요〉 등 한 둘이 아니다. 그 가운데 가을이 오면, 제일 먼저 떠오르는 노래가 〈소녀의 기도〉다. "쓸쓸한 낙엽", "낙엽되어 계절 속에 나를 묻으며" 같은 노랫말이 시나브로 가슴을 적셔 왔기 때문이다. 특히 전주에 나오는 피아노의 맑고 투명한 트릴(trill, 2도 음정의 두 음을 빠르게 반복하는 꾸밈음)은 순수했던 나의 감성을 더욱 자극시켰다.

나는 1986년 4월에 입대, 1988년 서울올림픽이 끝난 10월에 제대했다. 자대는 충북 증평(曾坪). 병과는 보병이었고, M60이 주특기였다. M60은 람보가 바람을 가르며 무지막지하게 쏘아대던 기관총이었으나, 가녀린 내 어깨가 감당하기에는 꽤나 고통스러운 것이었다.

그러나 불행 중 다행이랄까? 행군이나 훈련 때가 아니면, M60을 멜 기회가 별로 없었고, 오히려 그것을 분해해서 닦고 조이고 기름칠하는 일이 더 많았다. 말하자면, 총쏘기보다 총닦기가 주특기였던 셈이다.

평시에는 창고의 군수품 개수를 세거나, 총기 닦는 일이 일과였다. 그러나 가끔 바깥바람을 쐬러 나가는 경우도 없지 않았다. 추수철인 가을이 오면, 으레 우리는 인접한 괴산이나 진천 등지로 대민지원을 나섰다. 들녘을 누비며 누렇게 익은 벼를 한참이나 베고 나면, 곧장 막걸리를 곁들인 국수가 새참으로 나왔다. 게다가 폐부 깊숙이 빨았다 내뿜는 은하수 맛은 그 얼마나 향기롭고 달콤했던가!

그런데 티없이 맑은 가을하늘을 올려다 보면, 왠지 서러움에 마음이 울컥하기도 했다. 그도 그럴 것이, 나는 상병을 달 때까지 근 1년 동안이나 휴가 한 번 가보지 못했다. 아직도 휴가 못 간 고참이 줄을 서 있었으니까. 남의 속도 모르는 남행열차가 멀리서 기적을 울렸다. 저 열차에 몸을 실으면, 이내 고향에 다다를 수 있을 텐데…. 아득히 사라져 가는 기적소리에 마음이 시려왔다.

집에는 가을걷이를 끝냈을까. 텅 빈 들판의 흙바람을 맞으며 엄마 · 아부지는 시금치밭을 갈고 있을까. 나락 곳간에 가마니를 쌓아 올리던 큰형은 취직공부를 하고 있겠지. 어쩌면 동네 한량들과 어울려 술판을 벌일지도 모르지. 지금쯤 작은형은 의경을 마칠 때가 됐을 텐데. 누이는 입시 준비로 밤늦게 귀가할 테지. 집 앞에 서 있던 대추나무는 지난 태풍 때 무사했을까. 감나무에 걸린 까치밥은 아직도 남아 있을까.

동네 스피커를 통해 라디오의 음악소리가 흘러 나왔다. "바람 불면 흩어지는 쓸쓸한 낙엽이…", "낙엽 되어 계절 속에 나를 묻으며…". 울적했던 가슴이 저며왔다. 저녁이 되자, 바람이 한층 싸늘해졌다. 군용트럭에 실린 나는 쓸쓸한 낙엽처럼 부대(部隊)로 쓸려 들어갔다.

○ 명태

벌써 겨울이 왔나 보다. 간밤에 바람소리가 사방천지에 요란하더니, 아침나절 추위도 만만찮다. 뉴스에서는 올가을 들어 제일 추운 날이란다. 이런 날에는 제일 먼저 떠오르는 것이 김이 모락모락 피어나는 공기밥과 뜨거운 국물이다. 아니면, 밥과 명태와 김치를 한데 넣어 부글부글 끓인 명태국밥도 제격이다.

그 다음에 떠오르는 것은, 바로 변훈 작곡의 〈명태〉(양명문 시)다. 어느 겨울, 포장마차에서 소주를 마시다 얼큰하게 기운이 오른 바리톤 친구가 불러준 노래다.

짝짝 찢어지어 내 몸은 없어질지라도
내 이름만 남아 있으리라
명~태, 헛 명태라고
헛, 이 세상에 남아 있으리라.

그는 "쇠주를 마실 때"에 이르러 '카아~' 하는 의성어와 의태어를 동시다발적으로 소화해 냈고, 마른 명태를 짝짝 찢어대는 시늉까지 완벽하게 연출했다. 여기에 아낌없이 갈채를 보내준 포장마차 아줌마는 더할 나위 없이 성실한 관객이었다.

나는 지난 주 어느 시민강좌의 강사로 나섰다. 거기서 〈명태〉를 소개했는데, 그 반향은 예상과는 달리, 매우 열광적이었다.

한국전쟁 시기였던 1952년 부산에서 발표된 〈명태〉는 지금도 그다지 익숙한 양식의 노래가 아니다. 익살스런 자유시를 노랫말로 선택한 점, 부가화음으로 3화음의 정형성을 탈피하려 한 점, 일관작곡(一貫作曲) 형식에 파를란테(parlante, 말하듯이 노래하는 기법)와 포르타멘토(portamento, 한 음에서 다른 음으로 옮겨 갈 때 미끄러지듯이 연주하는 기법)를 씀으로써 그 이전 홍난파 · 현제명 류의 선율적 · 서정적 노래에서 크게 벗어나 있기 때문이다.

그런 연유로 노래가 처음 발표된 이튿날, 신문에는 이에 대한 어느 평론가의 글이 실렸다. 요지는 "이것도 노래냐?"였다.

모처럼 나섰던 시민강좌는, 비록 빈자리가 많았고 백발 성성한 어르신들이 대부분을 차지했으나, 오히려 내게는 새삼 용기가 샘솟았던 무대였다. 그분들은 내 이야기에 기꺼이 토끼 귀가 되어주었고, 어떤 분은 내 말을 노트에 빼곡이 받아 쓰기도 했다. 더욱이 여기저기서 튀어나오는 질문 공세는 강의실 분위기를 한층 뜨겁게 달궜다.

덕분에 나는, "이것도 강의냐?"는 한마디를 끝내 듣지 않았고, 양심의 가책을 전혀 느끼지 않고 강의료를 챙길 수 있었다.

○ 미소를 띄우며 나를 보낸 그 모습처럼

최초의 여성 싱어송라이터가 스물여덟의 꽃다운 나이에 죽었다. 수면제에 의한 약물 과다복용이 사인(死因)이었다. 〈소녀와 가로등〉, 〈님 떠난 후〉, 〈너 나 좋아해, 나 너 좋아해〉, 〈예정된 시간을 위하여〉 등을 잇따라 히트한 장덕(1961~1990)이 바로 그녀다. 이은하가 작사 · 노래한 〈미소를 띄우며 나를 보낸 그 모습처럼〉(1986)도 그녀가 만든 것이다.

날 사랑하지 말아요
너무 늦은 얘기잖아요
애타게 기다리지 말아요

사랑은 끝났으니까

그대 왜 나를 그냥 떠나가게 했나요
이렇게 다시 후회할 줄 알았다면
아픈 시련 속에 방황하지 않았을 텐데

사랑은 이제 내게 남아 있지 않아요
아무런 느낌 가질 수 없어요
미소를 띄우며 나를 보낸 그 모습처럼

내가 이 노래를 처음 들은 것은 1987년쯤이다. 당시 대한민국 육군 제2군사령부 정훈국 문선대(문화선전대)에 파견되어 비약적인 활약상을 보일 때였다. 우리는 노래 · 춤 · 연극 따위의 문화공연을 통해 사령부 예하부대, 그러니까 충청도 · 경상도 · 전라도 장병들에게 사기 진작과 여흥을 책임지는 임무를 수행했다.

문선대원은 모두 20여 명 정도였고, 이들은 입대 전 공연예술 쪽의 대학을 다녔거나, 최소한 밤무대에서 기타나 키보드 따위로 좀 놀았던 자들이었다. 민간인

시절, 화류계에 잠시 몸담은 적이 있었던 나도 대한 육군의 촘촘한 레이더망을 피해 갈 수는 없었다. 물론 남자가 할 수 없는 역할은 외부에서 수혈했다. B급 여배우 2명, B급 여가수 2명이 그들이다.

우리는 본격적인 공연에 나서기에 앞서, 2개월 정도 밤낮없이 연습에 매진했다. 노래를 하라면 노래를 하고, 춤을 추라면 춤을 추었으며, 연극을 하라면 연극도 했다. 두 달간의 연습이 모두 끝나면, 우리는 사령부 대연병장에 무대를 세팅하고 시연회를 열었다. 여기에는 별 넷의 군사령관을 비롯해서 수많은 장성급 · 영관급 · 위관급 장교와 사병들이 빼곡이 자리를 메웠다.

시연회가 끝나면, 우리는 단양 · 여수 · 영광 · 남원 · 울산 · 영천 등지의 내륙과 해안을 사방팔방, 종횡무진 누볐다. 해당 부대 연병장에 도착하자마자, 우리는 대형 군용트럭 두 대에 실린 철제 구조물을 내리고, 무대와 음향, 조명장치와 악기를 차례로 세팅한다. 두어 시간 동안의 작업이 끝나면, 간단히 저녁을 먹고 무대에 오를 준비를 한다. 의상을 챙기고 얼굴에는 조명

발이 잘 받을 정도로 분장을 한다.

2시간 정도의 공연이 끝나면, 어렵사리 세팅한 무대 · 음향 · 조명장치를 아낌없이 해체하고, 이들을 트럭 두 대에 나눠 차곡차곡 적재한다. 적재작업은 거의 밤 10시가 되어서야 겨우 끝나고, 우리는 부대에서 마련한 라면으로 허기를 달랜다. 그리고 자고 나면, 이튿날 또 다른 부대로 이동한다. 그러니까 문선대 활동이란, 과거 유랑악극단의 그것과 별반 다르지 않았다.

이 무렵, 나는 〈미소를 띄우며 나를 보낸 그 모습처럼〉을 라이브로 처음 들었다. 지금은 이름을 잊었지만, 노래를 부른 B급 여가수는 미모가 매우 빼어났을 뿐 아니라 몸매의 곡선도 유려했다. 율동을 할 때마다 원피스가 조명을 받아 반짝거렸고, 옆구리가 갈라진 옷자락 사이로 희고 긴 넓적다리가 보일락 말락 했다.

〈미소를 띄우며 나를 보낸 그 모습처럼〉은 탄력적인 베이스 기타의 음향과 색다른 리듬 감각이 유난히 돋보이는 노래다. 그러나 나는 이 노래를 들을라치면 사랑과 이별, 이별의 슬픔과 아픔을 느끼기보다 빼어난 미모와 몸매를 가진, 옆구리가 갈라진 원피스를 입은,

보일락 말락 한 넓적다리의 B급 그 여자 가수가 떠오른다. 아주, 가끔씩.

○ 점이

바스락거리는 나뭇잎, 짙게 풍겨오는 낙엽향, 병영의 밤은 차고 쓸쓸했다. 그리고 춥고 배고픈 시간이었다. 그 무렵, 나는 함께 보초를 섰던 고참으로부터 〈점이〉(1982)를 처음 배웠다. 나중에 알았지만, 조영남이 부른 이 노래는 진남성(본명 진원용)이 작사 · 작곡했고, 전주는 물론 오블리가토(obligato, 성악에 종속적으로 사용되는 기악)에도 쓰인 트럼펫 음향이 퍽 매력적으로 다가왔다.

비바람이 몰아치는 폭우에도, 눈보라가 휘몰아치는 겨울에도 조국을 지키는 초병의 눈빛은 언제나 빛나야 했다. 그러나 현실은 달랐다. 이등병인 초병의 눈은 매양 게슴츠레했고, 진종일 내무반 바닥과 침상 닦기, 총기 수선에 매달리느라 언제나 눈꺼풀이 무거웠다.

사실, 졸병시절에 제일 부족한 게 잠이다. 잠을 보충하기 위해서는, 혹은 잠시라도 고참 뒤치다꺼리에서 자유로워지기 위해서는, 무엇보다 휴일날 종교활동에 매진해야 했다. 교회 · 절 · 성당, 어디로 갈까?

교회는 시도 때도 없이 찬송가를 불렀고, 노래를 부를 때마다 자리에서 일어나지 않을 수 없었다. 성당도 마찬가지였다. 이런저런 의식이 많았고, 자리에서 일어나는 횟수를 쳐도 교회보다 적지 않았다. 나로서는 결코 안심할 수 없는 곳이었다. 그렇지만 교회나 성당은 예배를 마치면, 언제나 초코파이나 음료수를 나누어 주었다.

절은 그런 것이 전혀 없었다. 늘 '맨입'이었다. 그럼에도 불구하고, 휴일마다 절은 병정들로 차고 넘쳤다. 스님의 목탁소리와 설법이 간간히, 그리고 아련히 들려오기도 했지만, 조는 데는 전혀 문제가 되지 않았다. 더구나 안심하고 졸 수 있는 것은 맨바닥에 퍼질러 앉자마자 고개를 숙이면 그만이었던 터다.

나와 함께 보초를 섰던 고참은 나의 후견인이기도 했다. 그는 가슴이 아주 따뜻한 사람이었다. 고향은 대구였고, 입대 전 공장에서 일했다고 했다. 그래서인지, 그는 손재주가 남달랐고 어깨 힘도 좋았다. 남들이 꺼리는 일도 늘 앞장서 도맡아 했다. 무엇보다 보초를 서면서 "내가 눈 뜨고 있을 테니, 졸리면 좀 자라"는 그의 말 한마디는 내게 너무나 큰 위안을 안겨 주었다.

적막한 어느 날 밤, 그가 내게 물었다. 〈점이〉라는 노래를 아느냐고. 내가 모른다고 대답하자, 그는 나지막이 노래를 불러 주었다.

고향을 떠나 올 때에
이슬 맺힌 눈동자로
손을 흔들던 점이 얼굴이
꿈속에도 찾아오네

점이, 딸기꽃이 세 번 피거든
점이, 그때는 마중 오오
점이, 그때까지 소식 없거든

점이, 다른 곳에 시집을 가오

노랫말은 물론, 서정적인 선율이 순식간에 내마음 속에 스며들었다. 입대하는 날 아침, 마치 연인이 나를 위해 "이슬 맺힌 눈동자"로 "손을 흔들"어 주는 듯했다. 특히 "딸기꽃이 세 번" 필 때까지 소식이 없으면, "다른 곳에 시집을 가"라는 노랫말에 하마터면 울컥 눈물을 쏟을 뻔했다.

이 노래는 군에서 금지곡이 되었다고 했다. 병정들이 탈영을 많이 한다는 이유였다. 탈영하지 않기 위해서 나는, 군생활 내내 이 노래를 듣고 부르지 않았다.

○ 에버그린

봄이면 가끔씩 사랑이 움트고
여름이면 내 사랑의 꽃이 피어납니다
겨울이 살며시 다가와
꽃잎이 시들면 차가운 바람이 불기 시작하지요
그래도 제 사랑이 푸르다면 여름 가고 겨울이 와도
싱그럽게 피어 있을 거예요
언제나 푸르름을 간직했던 사랑 변치 않을 거예요

수잔 잭스(Susan Jacks)가 노래한 〈에버그린〉(Evergreen)은 1980년에 나왔다. 물론 당대에도 폭넓은 인기를 모았지만, 한국에서 널리 알려지게 된 것은 1990년대 초 MBC 드라마 〈아들과 딸〉의 삽입곡으로 쓰이면서였다.

총 64부작으로 구성된 〈아들과 딸〉은 매주 토·일요일 저녁 8시에 방송된 주말 드라마였다(1992.10.3~1993.5.9). 쌍둥이 남매인 귀남(최수종)이와 후남(김희애)이가 그 주인공. 엄마(정혜선)와 아부지(백일섭)의 절대적인 후원을 받아 온실 속에서 길러진 귀남이는 평범한 회사원이 되고, 엄마의 차별과 냉대를 어렵사리 극복한 후남이는 검정고시로 국어교사가 되어, 마침내 인기 작가로 발돋움한다는 줄거리다.

사실 80년대만 하더라도 대한민국은 남아선호 관념이 뿌리 깊게 남아 있었다. '암탉이 울면 집안이 망한다'는 이야기가 공공연하게 나왔으니까. 그러나 90년대에 접어들면서 현실의 변화가 확연했다. 대학마다 단과대 학생회·총학생회의 핵심 요직에 여학생들이 대거 진출했고, 그들은 졸업 때 각종 상장과 상패, 상금까지 휩쓸기 시작했다. 사법시험 합격자도 여성들이 수위를 차지했음은 물론이다. 상전벽해에 천지개벽이 아닐 수 없었다.

우리 엄마는 큰형과 작은형, 그리고 나를 낳았다. 위로 두 형을 낳은 엄마가 어느 날 벌건 대낮, 밥상머리에서 아부지에게 말했다. 더 이상 아이를 못 낳겠다고. 어르신 모시랴, 농사일에 집안일 하랴, 게다가 아이까지 키운다는 것이 만만찮았던 터다. 그러나 순간, 아부지는 밥상을 마당귀까지 던져 뒤엎고 말았다. 덕분에, 나도 세상의 빛을 볼 수 있었고, 덤으로 누이까지 얻었다.

사내아이에 대한 아부지의 욕심은 의지할 만한 형제 없이 외동으로 자랐던 터다. 결과적으로, 사내아이 셋이나 낳은 엄마는 그 자체만으로도 당당해졌다. 그러나 차세대에 이르러 남녀 스코어의 불균형이 심각했다. 큰형과 형수가 1남 1녀, 작은형과 형수가 2녀, 나와 이쁜이가 3녀를 낳았기 때문이다. 3녀나 낳은 이쁜이는 한동안 눈물을 찍어내야 했다.

인간지사 새옹지마(人間之事 塞翁之馬)라 했던가! 얼마 지나지 않아 세상이 바뀌었다. '딸 둘이면 금메달, 딸 하나 아들 하나면 은메달, 아들만 둘이면 목메달'이라는 우스갯소리가 생겨나기도 했다. 딸 둘이 금메달이라면, 딸 셋이나 낳은 우리는 다이아 메달감이 아닌가!

봄이면 사랑이 움트고, 여름이면 사랑의 꽃이 피어나고, 꽃잎이 시들면 차가운 바람이 불어오기 마련이다. 그런데 여름 가고 겨울 와도 우리는 언제나 푸르름을 잃지 않을 수 있을까? 엄마 · 아부지가 우리 탓에 빈 껍데기가 되었듯이, 우리는 우리 아이들 탓에 빈 껍데기가 되어야 하지 않을까? 바야흐로 문풍지 사이로 찬바람이 스며들 듯, 어느새 내 무릎팍에도 스멀스멀 바람이 인다.

○ 서른 즈음에

점점 더 멀어져 간다
머물러 있는 청춘인 줄 알았는데
비어가는 내 가슴 속엔
더 아무것도 찾을 수 없네

계절은 다시 돌아오지만
떠나간 내 사랑은 어디에
내가 떠나 보낸 것도 아닌데
내가 떠나 온 것도 아닌데

김광석이 부른 〈서른 즈음에〉(1994)는 강승원

이 작사 · 작곡한 노래다. 지난날의 아쉬움이 짙게 묻어나는 노랫말, 서정적 선율에 이따금 떨리듯 흔들리듯 들려오는 트럼펫의 간주(間奏)는 진정 처연한 감정마저 자아낸다.

서른 즈음에 들었어야 할 이 노래를, 나는 마흔 즈음에 처음 들었다. 통영국제음악제가 열렸던 2003년, 그러니까 내가 서른여덟 살이 되던 해 3월이었다.

'꿈'이라는 테마로 꾸며진 국제음악제는 동양과 서양, 전통과 현대를 두루 아우름으로써 그 폭과 깊이를 한층 더한 무대였다. 특히 마에스트로 주빈 메타(Zubin Meta, 1936~)가 지휘한 빈필하모닉오케스트라의 관현악 연주와 바이올리니스트 장영주의 협연은 음악팬들의 비상한 관심을 불러 일으켰다.

또한 윤이상의 단막오페라 〈류퉁의 꿈〉도 무대에 올랐다. 노장사상에 바탕을 둔 〈류퉁의 꿈〉(1965)은 '꿈'을 통해 인간 세상의 덧없음, 부와 권력, 명예를 지향하는 인간의 삶이 얼마나 헛되고 헛된 일인가를 보여주고 있었다.

무장(武將) 류퉁은 지체 높은 궁중 관리의 딸 츠이

보와 혼례를 치른다. 그러나 그가 전장으로 나가자, 홀로 남아 외로움에 떨던 츠이보는 곧장 정부 쿠에이를 끌어안고 정을 통한다. 그 사실을 알고 분노했던 류퉁은 재물에 눈이 멀어 아군의 전략을 적에게 누설한다. 집행인에 의해 사형장으로 끌려가던 그는 한 승려 덕분에 겨우 목숨을 건진다. 남루한 행색에 비루한 삶을 살던 류퉁. 그러나 깨어나 보니, 한갓 꿈이었다.

공연이 끝나고 문을 나섰다. 남망산에서 바라본 통영 앞바다, 고깃배 불빛이 어둠 속에 일렁거렸다. 나는 나의 마지막 자존심, 프라이드에 올라탔다. 시동을 걸고 라이트를 켰다. 얼마 지나지 않아 부산행 고속도로로 접어들었다. 라디오에서는 여자 아나운서가 꿈결 같은 멘트를 날리고 있었다.

그런데 가만, 오늘 내가 뭘 했지? 그렇지. 말로만 듣던 빈필, 주빈 메타의 얼굴을 보았지. TV에 나왔던 사라장도 봤지. 그리고 또 뭘 봤지? 아, 그렇지. 윤이상, 〈류퉁의 꿈〉도 보았지. 류퉁이 입었던 무대의상이 참 화려하던데. 마누라 바람 피는 바람에 마음고생이 심했겠어. 이런저런 생각에 빠져 있던 찰나, 갑자기 섬광(閃

光)이 머리를 스치고 지나갔다.

내가 올해 몇 살이지? 일흔 살까지 산다면, 이제 얼마나 남았지? 그 순간, 나는 아연 소스라치고 말았다. 아직 어리다고 여겼던 내가, 어느새 인생의 꼭지점을 찍고 마침내 내리막길을 걷고 있었던 터였다. 그렇다면 나는 지금까지 얼마만큼의 재물을 모았고, 어느 정도의 권력을 얻었으며, 얼마만큼의 명예를 쌓아 올렸던가? 내가 성취한 일이 무엇이며, 그 성취는 나를 얼마나 만족시켰던가?

나는 머릿속이 하얘졌다. 정녕 내가 살아갈 날이 살아온 날들 만큼도 남지 않았단 말인가! 40대는 40킬로, 50대는 50킬로, 60대는 60킬로의 속도로 달린다는데, 이 일을 어쩌지? 가속페달을 밟고 있던 다리에 힘이 빠졌다. 때마침 라디오에서 노래가 흘러 나오고 있었다.

"점점 더 멀어져 간다
머물러 있는 청춘인 줄 알았는데…
내가 떠나 보낸 것도 아닌데
내가 떠나 온 것도 아닌데…"

서른 즈음을 지나왔더니, 어느새 마흔 즈음에 이르

렸구나. 내가 보내려 한 것도 아닌데, 내가 떠나오려 했던 것도 아니었는데! '지는' 30대의 슬픔을 '뜨는' 40대의 기쁨으로 위안 삼아야 했을까.

○ 검은 장갑

헤어지기 섭섭하여
망설이는 나에게
굿바이 하며 내미는 손
검은 장갑 낀 손
할 말은 많아도 아무 말 못 하고
돌아서는 내 모양을
저 달은 웃으리

1958년에 나온 〈검은 장갑〉은 손석우가 작사·작곡했고, 손시향(孫詩鄕)이 노래를 불렀다. 당시 '한국의 이브 몽땅'이라고 불리던 그는 매우 부드럽고 달콤한 음색의 소유자였다. 더구나 빼어난 신사적 풍모는 뭇 여성들의 마음을 온통 휘저어 놓았다.

바쁜 하루 일과를 겨우 끝내고, 어렵사리 연인을 만난다. 그들은 밥을 먹고 차를 마시고 영화도 보았을 것이다. 그러나 시간은 그들을 기다려 주지 않았다. 마침내 성큼 다가선 이별의 시간. 헤어지기 아쉬워도, 가슴속 할 말이 비록 많아도, 그들은 서로 말 한마디 남기지 못하고 돌아서고 만다.

60년대식이라고 할까? 스스로 용기 없음을 탄식하면서도, 달빛의 냉소를 온몸으로 받으면서도 '헤어지기 아쉽다', '보고 싶다'는 말 쉬이 못하던 때가 바로 그때였다. 굳이 드러내지 못하고, 가슴속으로만 삭여야 했던 우리 아부지 세대가 그러했으리라. 그래서일까? 〈검은 장갑〉은 아부지의 애창곡이다.

우리 아부지는 평생 엄마와 농사를 지으며 살았다. 지게를 지고, 리어카를 끌고, 경운기와 트랙터를 몰면서 훌쩍 세상을 건너왔다. 매일같이 들판의 흙바람을 맞으면서 4남매를 모조리 4년제 대학에 보냈다. 해 뜨면 들녘에 나가 벼농사며, 부추농사, 시금치 농사에 세월 가는 줄 모르던 사이, 아부지는 어느새 인생의 황혼을 맞았다.

소낙비가 쏟아지는 초등학교 저학년의 하굣길, 우산을 든 아부지가 빗줄기를 뚫고 오들오들 떨고 있는 아이를 데리러 왔을 때 우리는 얼마나 뿌듯했던가. 장마로 물이 불어나 아부지에게 업혀 학교 갈 때 그 너른 등은 얼마나 따뜻했고, 우리는 또한 얼마나 당당했던가!

어느 한겨울 밤에는 아부지가 고열로 신음하던 아이를 업고 수십 리를 내달리기도 했다. 겨우 도착한 시내 한복판의 소아과. 의사로부터 "아이를 이 지경이 되도록 내버려 두다니, 바보같이!"라며 면박을 당하고도 아부지는 줄곧 병실을 지켰다. 뜬눈으로 밤을 지새운 이튿날, 아부지는 병원비를 대느라 아침도 걸렀다. 허기진 배를 달래며, 아이를 업은 아부지는 다시 수십 리 시골길을 허위허위 걸어서 돌아와야 했다.

꼭 10년 전, 자식들이 아부지의 고희연을 열었다. 을숙도문화회관 소공연장 무대에는 '황혼의 노래: ○○○ 선생 고희 기념음악회'라 쓰인 큼직한 플래카드가 내걸렸고, 인코리아심포니오케스트라를 비롯해서 소프라노 · 테너 등의 독창자가 잇따라 무대에 올랐다.

연주회 도중에 무대에 오른 아부지가 하객들에게 인사말을 건넸다.

"…저는 지금까지 농사를 지으며 살아왔습니다. 밭농사, 논농사에 해 지고 달 가는 줄 모르고 살았습니다. 어느새 자식들 하나둘 시집 장가들고, 그 사이에서 난 자식들의 할아버지가 되었습니다. 인생의 황혼을 맞은 것입니다…"

무대에 선 아부지가 이따금 목울음을 울었다. 나도 울컥했고, 더러 손수건으로 눈가를 찍어내는 이들도 보였다. 그리고 아부지는 편곡된 오케스트라 반주에 맞춰 애창곡을 불렀다.

"헤어지기 섭섭하여 망설이는 나에게 굿바이 하며 내미는 손…"

아부지의 목소리가 가느다랗게 떨렸고, 마이크를 잡은 손은 가늘고 앙상했다.

○ 사랑의 서약

그토록 바라던 시간이 왔어요
모든 사람의 축복에 사랑의 서약을 하고 있죠
세월이 흘러서 병들고 지칠 때
지금처럼 내 곁에서 서로 위로해 줄 수 있나요

함께 걸어가야 할 수많은 시간 앞에서
우리들의 약속은 언제나 변함없다는 것을 믿나요
힘든 날도 있겠죠
하지만 후횐 없어요
저 하늘이 부르는 그날까지 사랑만 가득하다는
것을 믿어요

내일 모레는 내게 아주 특별한 날이다. 꼭 20년 전, 그러니까 1997년 12월 17일은 내가 어렵사리 장가를 든 날이자, 그토록 바라던 시간을 마침내 성취한 날이기 때문이다.

그 시기, 나는 대학원 공부를 하고 있었고, 다른 한편으로 대학에 시간강사로 나가고 있었다. 경제적으로는 궁핍했고 언제나 외로움과 씨름하고 있을 때였다. 어쩌다 한겨울 골목길에서 찬바람을 맞을라치면 한순간 왼쪽 가슴이 뻥 뚫리는 느낌이었다. 연애를 하려면, 시간도 있고 돈도 있어야 하는데 나는 아무것도 가지고 있지 않았다. 잃어버린 나의 갈빗대는 어디서 찾아야 할까. 왜소하고 초췌한 내게 다가올 처자가 있기나 할 것인가. 어쩌면 이런 생각을 한다는 것이 사치가 아닐까.

어느 날 '돌콩' 형으로부터 전화가 왔다. 미팅 주선 소식이었다. 형이 일러준 대로 모월 모일 모시, 시쳇말로 때 빼고 광을 낸 나는 광안리 ○○○호텔 커피숍으로 나갔다. 다소 설레는 마음으로 자리를 잡았다. 얼마나 지났을까. 비로소 커피숍 문이 열렸고, 돌콩만 한 형이 얼굴을 삐죽히 디밀었다. 곧이어, 한 아가씨가 뒤따라 들어왔고, 그녀의 어깨 너머에 황금빛 아우라가 빛을 발하고 있었다.

그날 이후, 우리는 매일 밤마다 만났다. 나의 마지막 자존심이었던 프라이드는 기동력이 좋았고, 우리 앞에 놓인 길은 사통팔달 열려 있었다. 그녀의 집 앞에서 맴돌던 우리는 머잖아 경주와 진주 등지를 쏘다닐 정도로 점차 보폭을 넓혔다.

그렇지만 내 속에는 단 하나의 궁금증이 맴돌기 시작했고, 그것은 좀처럼 나를 떠나지 않았다. 나사같이 생긴 여자들이 판을 치는 요즘, 믿을 만한 여자가 있을까? 이 여자는 과연 순정이라는 게 있을까? 있다면, 그 진정성을 믿어도 되는 것일까? 돈도, 시간도 없는 내게 스스럼없이 다가서는 걸 보면 그런 것 같기도 한데, 만약 아니면 어쩌지?

그러던 어느 한겨울 밤이었다. 연애질이 한창 무르익어 갈 즈음, 휴대전화가 울렸다. “김군! 나 해운대 ○○콘도에 있는데, 지금 좀 나올 수 있는가?” 한국음악학계의 태두이신 송방송 스승이었다. 평소 존경해 마지않는 스승께서 예까지 오셨다는데, 어찌 아니 갈 수 있으랴. 나는 그녀에게 곧장 다녀올 테니, 잠시 기다려 달라는 말을 남긴 채, 내 마지막 자존심을 타고 휑하니 ○○콘도로 직행했다.

스승의 말씀은 길디길었다. 내가 과거 영남대에서 사숙할 때 이야기부터 당신이 캐나다 맥길대학에 유학할 때와 국립국악원장 시절 이야기가 강물처럼 흘러갔다. 나는 몇 번이고 다리를 고쳐 앉았다. 오직 내 머리 속에는 바깥에 남겨진 그녀 생각뿐이었다. 추위를 피해 어디에 들어갔을까? 두어 시간이나 흘렀는데, 그만 집에 갔을 수도 있겠지. 내가 괜히 나왔나? 대충 둘러대고 차라리 안 나왔어야 했는데….

벽시계는 어언 12시를 훌쩍 넘기고 있었다. 겨우 스승으로부터 해방된 나는 뒤도 돌아보지 않고 방을 나왔다. 바깥은 여전히 영하권의 날씨. 찬바람에 손끝이 시리고, 귀때기가 아려왔다. 나는 다시 내 마지막 자존심에 올라타고, 남겨졌던 그녀에게로 달려갔다. 차창 밖으로 매서운 바람이 지나가는 소리가 들렸다.

새벽 1시가 다 됐는데, 아마 가고 없겠지? 벌써 집에 들어갔겠지?

그런저런 생각을 하면서 도착해 보니, 이럴 수가! 아, 상가 지하실 계단에 기댄 채 그녀가 오들오들 떨고 있는 것이 아닌가. 눈물이 핑 돌았다. 바로 그때 나는 그녀의 순정과 그 순정의 진정성을 마침내 확인할 수 있었다. 비로소 나는 그녀를 낙점했고, 이듬해 겨울을 맞으며 우리는 혼사를 치렀다.

그날 동아대학교 교수회관은 가족과 친지, 사돈에 팔촌까지 가워 인산인해를 이루었다. 축하무대는 후배들로 구성된 금관5중주의 연주로 장식했다. 특히 김광진이 작사 · 작곡하고 한동준이 노래한 〈사랑의 서약〉(1995)의 노랫말이 시나브로 가슴 속에 젖어 들었다.

그토록 바라던 시간이 왔는데, 세월이 흘러서 병들고 지칠 때도 위로해 줄 수 있을까? 함께 걸어가야 할 수많은 시간 앞에서 언제나 변함없다는 것을 믿을 수 있을까? 저 하늘이 부르는 그날까지 사랑만 가득하다는 것을 믿을 수 있을까? 과연 나는 그럴 수 있을까?

오늘, 같은 직장에서 일하는 한 아가씨로부터 청첩

장을 받았다. 오는 12월 17일에 결혼식을 올린다는 소식이다. 공교롭게도, 내가 혼사를 치른 지 꼭 20년이 되는 날이다. 식장은 ○○웨딩 그랜드홀. 그랜드홀에서 예식을 갖는 만큼 부디 그랜드한 마음으로 살아가기를 바란다.

○ 오! 거룩한 밤

오! 거룩한 밤 별빛이 찬란한데
거룩하신 우리 주 나셨네
오랫동안 죄악에 얽매여서 헤매던
죄인 위해 오셨네

우리를 위해 속죄하시려
영광의 아침 동이 터온다
경배하라 천사의 기쁜 소리
오! 거룩한 밤 구세주가 나신 밤
오! 거룩한 밤 거룩 거룩한 밤

〈오! 거룩한 밤〉(O Holy Night, 1847)은 프랑스의 아당(A. C. Adam, 1803~1856)이 작곡한 노래다. 그는 오페라와 발레음악을 주로 썼는데, 발레곡으로는 그 유명한 〈지젤〉(1844)을 남겼다. 특히 이 노래는 유시 비욜링(Jussi Björling, 1911~1960)이 불러야 제격이다. 그는 북구 스웨덴 출신의 스핀토 테너(Spinto Tenor)로 부드러우면서도 고음에서의 날카로운 소리가 매력이자 마력이다.

이 노래를 들을 때면 언제나 김종삼(金宗三, 1921~1984)의 「장편(掌篇) 2」라는 시가 떠오른다.

조선총독부가 있을 때
청계천변 10전 균일상 밥집 문턱엔
거지소녀가 거지 장님 어버이를
이끌고 와 서 있었다
주인영감이 소리를 질렀으나
태연하였다.

어린 소녀는 어버이의 생일이라고
10전 짜리 두 개를 보였다.

『김종삼 전집』(나남출판, 2005)에 실린 200여 편의 시 가운데 능히 백미로 꼽을 만하다. 비록 손바닥 정도의 짧디짧은 시편이지만, 그 울림은 더없이 넓고도 깊다.

총독부가 있을 때라면, 광복 이전 시기를 말한다. 어린 거지소녀가 똑같은 처지의 거지 아비와 어미를 이끌고 청계천변에 있는 10전짜리 균일상 밥집 문턱에 당도한다. 어버이가 모두 장님이었던 까닭에 소녀는 그들의 손을 놓을 수가 없다. 소녀는 어버이의 생일날을 맞아 따뜻한 밥 한 끼를 대접하고 싶었던 모양이다. 주인 영감은 누추한 몰골을 한 이들이 자기 집에 뭔가 얻어 먹으러 들어올까 경계한다.

그러나 어린 거지소녀는 눈 하나 깜짝하지 않는다. 오히려 동전 두 개를 내보이며 손님으로서 당당하게 밥을 사 먹겠다는 의사를 표명한다. 10전짜리 동전 두 개는 몇 날 며칠, 어쩌면 몇 달에 걸쳐 구걸해서 모은 돈인지 모른다. 하지만 어린 소녀는 자기가 먹을 밥값은 아직 마련하지 못했나 보다.

다시 한 해의 끝자락이다. 언제나처럼 올해도 다사

다난했다. 때때로 밤거리엔 성탄 트리가 불을 밝히고, 이따금 구세군의 방울소리도 들려오지만, 사람들의 마음은 여전히 차고 어둡기만 하다. 예나 지금이나, 겨울은 춥고 배고픈 사람들에게 더없이 서러운 계절이다.

지금, 어디메쯤 추위에 떨고 있는 사람이 있을 것이다. 굶주린 배를 쓸어내리는 사람도 없지 않을 것이다. 내일 모레는 크리스마스, 누구에게라도 거룩한 밤이었으면 싶다.

○ 귀에 익은 그대 음성

내가 다시 들은 것 같네
야자수 아래 숨어서
그 목소리는 부드럽고 낭랑한
마치 산비둘기 노래 같네

오, 매혹적인 밤이여
숭고한 황홀경이여!
오, 매혹적인 추억이여
광적인 취기여, 달콤한 꿈이여!

프랑스의 보석 조르주 비제(G. Bizet, 1838~1875)

는 〈카르멘〉·〈진주 조개잡이〉 같은 빛나는 오페라를 남겼다. 그러나 그는 서른일곱의 한창 나이에 세상을 떠났다. 그의 〈진주 조개잡이〉 가운데 '귀에 익은 그대 음성'(Je crois entendre encore)은 겨울바다에 나뒹구는 조개껍질이나, 쓸쓸한 대지에 홀로 선 사내의 고독감이 묻어난다.

세일론 섬의 진주 조개잡이 나디르는 어린 시절 여친이자 브라만교 여사제 레일라를 사랑한다. 조개잡이들이 바다에 나가 조개를 잡는 동안, 바위 위에서 그들의 안녕을 기도하는 레일라. 금지된 사랑으로 열병을 앓던 나디르가 레일라를 향해 부르는 아리아다. 스페인이 낳은 테너가수 알프레도 크라우스(A. Kraus 1927~1999)의 처연한 열정이 돋보이는 노래다.

이 노래를 들을 때마다 근래 세상을 떠난 이들이 떠오른다. 다들 고통의 바다를 뜨겁게 달궜던 분들이다.

지난 1일, 부산대 사회학과의 윤일성 교수께서 세상을 떠났다. 그는 부산지역 개발사업에 꾸준히 반대 목소리를 내 왔던 엘리트 학자였는데, 언젠가 중앙동의 한 비어홀에서 맥주를 얻어 마신 적이 있다. 훤칠한 키에 깡마른 체구, 그러나 더없이 맑고 온화한 성품의 소유자였다.

지난 4월 22일에는 국제신문 논설주간을 지냈던 최화수 작가께서 별세했다. 음악풍경의 토크콘서트에 초대손님으로 모신 적이 있었다. 중학시절 〈트로이메라이〉(슈만)를 듣고 생애 처음으로 음악에 감동한 일, 미화당 · 오아시스 등의 고전음악감상실을 순례하며 음악에 탐닉한 일, 가톨릭 장례식에서 들려온 성가대의 〈라크리모사〉(모차르트)를 듣고 종교에 귀의한 일 등이 파노라마처럼 지나갔다.

그뿐 아니다. 작년 2월 2일에는 중앙대 창작음악학과의 노동은 교수도 먼 길을 떠났다. 내가 군에서 갓 제대한 1988년, 아마도 늦가을쯤이었나 보다. 우연찮게 나는 그의 『한국 민족음악 현단계』(세광음악출판사)라는 책을 읽은 적이 있었다. 근대 한국 서양음악계의 모순과 왜곡을 처음으로 알게 한 책이었다. 이후 그의 글을 빠짐없이 챙겨 읽으면서 내 피도 점차 뜨거워져 갔다. 이로 말미암아, 1993년 나는 「일제 팟쇼체제기의 친일적 음악경향에 대한 연구: 매일신보(1930~1945)를 중심으로」라는 석사논문을 썼고, 그 첫 장에 애써 다음과 같은 헌사를 남겼다.

"친일파와 친일문학에 대한 논문과 저서는 비교적 눈에 띄지만, 음악분야의 본격적인 연구서는 좀처럼 찾아보기 어렵다. 대체로 이 분야는 『한국 민족음악 현단계』를 쓴 노동은에 의해 고독한 연구가 계속되고 있을 따름이다. 그의 전술(前述)한 사전작업이 없었던들 논자의 이 같은 논문은 성립되지 않았을지도 모른다."

언젠가 신학기가 시작된 어느 날, 모처럼 노 교수께서 전화를 주셨다. 힘없는 목소리가 가늘게 떨리기까지 했다. 펄펄 날던 예전의 노동은 교수가 아니었다. 그간 몇 차례 수술을 받았고, 명예교수로 재직하는 대학도 못 나가는 형편이라 했다. 그러면서 먼구름 한형석 선생의 『광복군가집』을 복사해 주기를 내게 부탁했다. 그로부터 채 1년이 지나지 않았다. 세월의 무상함과 삶의 허무감을 새삼 느끼지 않을 수 없었다.

내일모레면, 한 해가 저물고 또 한 해가 떠오른다. 새해에도 곁을 떠나 먼 길을 가는 이가 없지 않겠지. 가슴을 저민들, 땅을 치며 통곡한들 무슨 소용이 있으랴.

그래서 우리는, 깊이 사귀지 않아야 하네. 작별이 올 때 후회하지 않을 정도로, 언제든 잊어버릴 수 있을 정도로, 가볍게 악수를 나눠야 한다네(조병화, 「공존의 이유」).

○ 티벳 자비송

제가 증오에서 벗어나기를
제가 성냄에서 벗어나기를
제가 격정에서 벗어나기를
제가 행복하게 지내게 하여지이다

저의 부모님
스승들과 친척들, 친구들도
거룩한 삶을 닦는 이, 그분들도

증오를 여의어지이다
성냄을 여의어지이다

격정을 여의어지이다
그분들이 행복하게 지내게 하여지이다.

바야흐로 연말이 끝나고 연시가 시작되었다. 특히 지난 연말연시는 사흘간의 연휴가 끼어 마음부터 뛰놀았다. 어디로 갈까? 무엇을 할까? 혼자 갈까? 아니면, 가족과 함께?

이상(李箱)은 새벽 공기가 폐에 해롭다고 했지만, 마지막 어둠이 깃들면 '시민의 종' 타종식이 있는 용두산공원이나, 해맞이축제가 열리는 해운대 바닷가를 어슬렁거리는 일도 좋을 게다. 남들은 울산 간절곶이나 포항 호미곶, 아니면 강원도 정동진까지 간다는데.

호사다마(好事多魔)라 했던가? 꿈은 꿈으로 끝나고 말았다. 불현듯 찾아온 감기몸살 탓이었다. 온몸이 쑤시고 결리는 통에 허리에 감기는 비단결도 아플 지경이었다. 주사와 링거를 두 차례씩 맞았지만, 황금 같은 사흘을 멀뚱멀뚱 천장만 바라보고 지낼 수밖에 없었다.

생각해 보면, 건강을 잃는다는 것은 모두를 잃는 것이다. 어떠한 부귀영화라 할지라도 모두 건강 아랫길이다. 더욱이 사람에게 아픈 곳이 얼마나 많은가? 오장육부(五臟六腑) 어느 하나 가벼이 여길 수 없다. 따지고 보면, 천하를 호령하는 영웅호걸이라 해도 결국 죽음에 이를 수밖에 없을 만큼 인간이란 실로 허약한 존재가 아닌가? 바스락거리는 나뭇잎 같은 존재가 아닌가?

병을 앓아봐야 건강의 존귀함을 알 수 있다. 경험해야 얻을 수 있는 깨달음을 나는 지난 연말연시에 겨우 얻을 수 있었다. 절제(節制)되고 정제(精製)된 삶을 살아야겠다는 새 마음, 새 뜻이 마침내 내면에서 발현되었다. 그래서 새해에는 108운동만큼은 꾸준히 해야겠다고 작정했다. 절에서 하는 108배 말이다.

108운동은 종교와 무관하게 해야 하는 이유가 있다. 첫째 그것은 다이어트 효과 만점의 저강도 유산소 운동이요, 둘째 성인병 예방과 치료에도 탁월한 효과가 있으며, 셋째 집중력을 키워 주는 운동이기 때문이다. 더욱이 108운동은 몸의 건강뿐만 아니라 마음의 건강[下心]까지 도와준다.

108운동을 위해서는 먼저 사전준비가 필요하다. 무릎 보호를 위해서 반드시 푹신한 방석을 깔아야 한다. 발가락을 조심해야 하므로 반드시 양말을 신어야 한다. 또한 자세도 더없이 중요하다. 몸과 마음의 중심을 잡기 위해서 반드시 합장해야 한다. 게다가 무릎과 팔, 그리고 손과 발을 펴고 접는 데 주의를 기울여야 한다.

108운동에서 특히 중요한 것은 호흡이다. 절은 날숨(呼)과 들숨(吸) 각 1회로 이루어진다. 날숨에는 입을 약간 벌려서 내쉬고, 들숨에는 입을 닫고 코로만 쉰다. 무릎을 꿇을 때 들숨을 쉬고, 이마가 바닥에 닿을 때 날숨을 내쉬며, 무릎을 펴서 일어날 때 다시 들숨을 쉰다. 무엇보다 호흡은 여리고 길게 하는 것이 좋다. 거북이 · 고래가 오래 사는 이유도 호흡이 길기 때문이다.

20~25분에 불과한 108운동일지언정 10분쯤에 이르면, 땀방울이 송글송글 맺힌다. 그리고 무료와 권태가 찾아온다. 그 짧은 사이, 내가 왜 이 짓을 하고 있는지 회의감이 들기도 한다. 이를 극복하기 위해서는 음악을 듣는 것이 좋다. 그때 적절한 음악이 바로 〈티벳 자비송〉이다.

사람들은 누구나 행복을 원하지. 행복하기 위해서

더 큰 것을, 더 많이 얻으려 하지. 그게 다 우리의 욕망이라네. 욕망의 길은 끝이 없다네. 오히려 우리는 욕망 때문에 더 큰 것을, 더 많이 잃기도 하지. 자기도 모르는 사이에, 가랑비에 옷 젖는 줄 모르듯이.

증오 · 성냄 · 격정은 사람도 잃고, 사랑도 잃고, 건강도 잃게 만들지. 그래서 채우기에 앞서 비우는 일이 먼저 필요하다네. 〈티벳 자비송〉은 욕망으로 가득 찬 우리네 마음을 가라 앉힌다네. 벌겋게 달아오른 우리의 마음을 바닷속 깊이 침잠시킨다네.

○ 은발

젊은 날의 추억들은 한갓 헛된 꿈이랴
윤기 흐르던 머리 이제 자취 없어라
오! 내 사랑하는 님, 내 님! 그대 사랑 변찮아
지난날을 더듬어 은발 내게 남으리
젊은 날의 추억들은 한갓 헛된 꿈이랴
윤기 흐르던 머리 이제 자취 없어라

〈은발〉(Silver Threads Among the Gold)은 렉스포드(Eben E. Rexford, 1848~1916)가 쓴 노랫말에 당스(Hart Pease Danks, 1834~1903)가 선율을 얹은 것이다. 에디슨이 발명한 실린더식 축음기에 최초로 녹음된 노래 가운데

하나이며, 140년이 지난 오늘날에도 미국인들의 주요 애창곡으로 남아 있다.

나는 이 노래를 까까머리 중학시절, 외가에 가서 처음 들었다. 평강천(平江川)을 사이에 두고 대저의 우리 집과 강동의 외가가 자리 잡고 있었는데, 우리 집과는 달리 논밭뙈기가 얼마 되지 않았던 외가는 딸린 식솔도 많았다. 게다가 외가는 일찍이 불이 나는 바람에 집을 홀라당 태워 먹은 적이 있어서 늘 가난해 보였다.

명절날, 우리 집에서 절값으로 이순신 장군 몇 개나 학이 날아가는 500원짜리 동전을 받을 때 외할아버지는 기껏 다보탑 서너 개로 때우는 일이 태반이었고, '내가 이러려고 절을 했나' 하는 자괴감이 들 때도 없지 않았다.

외가에 갈 일은 크게 없었으나, 같은 또래 막내 외삼촌과의 장난질이 그리워 늘 가고 싶은 마음이 들었다. 그런데 외가에는 우리 집에서 볼 수 없는 진귀한 물건도 있었다. 파란색 통기타와 포터블 카세트 등이었다. 이때 기타줄을 몇 차례 튕겨 보았는데, 그 울림이 왠지 슬프고 우울한 느낌이었다.

또한 포터블과 한 짝을 이루는 카세트 테이프도 있었다. 외국노래 전집이었다. 여기에는 단선율로 된 노래 악보와 가사, 그리고 노래를 부른 성악가의 사진과 프로필 등이 담긴 책자도 딸려 있었다. 카세트 테이프 하나에 양면으로 각 8곡 정도의 노래가 실렸고, 노래는 한국어 가사로 흘러나왔다.

학교에서 배운 노래도 있었지만, 처음 듣는 노래도 많았다. 그 가운데 처음 들었던 〈은발〉은 바리톤 윤치호(1938~2007)의 음성으로 녹음되었는데, 목소리가 탄력적이어서 좋았다. 그래서 몇 번이고 돌려감기하며 들었다. 특히 왠지 처연한 노랫말이 오랫동안 여운으로 남았다.

'아, 추억이라는 게 있구나. 나이 들면, 윤기 흐르던 머리가 자취 없어지고, 젊은 시절의 추억도 한갓 헛된 꿈이 되고 마는구나.'

결혼식마다 주례 선생님의 말씀은 한결같다. '검은 머리 파뿌리될 때까지…' 검은 머리가 왜 파뿌리가 되지? 언젠가 파뿌리를 보고서야 나는 비로소 그것이 얼마나 초췌하고 파리한 것인지를 알게 되었다.

나는 노안(老眼)이 적어도 쉰에 이르러서 오는 줄로만 알았다. 그래야 늙음[老]에 값하기 때문이다. 그런데 그것은 이미 40대 초반에 오고 있었다. 매우 기분 상하게 하는 불청객이었으나, 불청객은 그뿐이 아니었다. 그로부터 6~7년이 지나자, 머리통은 온통 흰머리가 장악하기에 이르렀다. 마침내 염색해야 할 시점이었다. 젊어지기 위해서, 아니 나이 들어 보이지 않기 위해서, 아니, 사회적 지위와 체통을 유지하기 위해서.

월 2회, 여간 귀찮은 의식이 아니다. 그러나 어쩌면 퍽 다행스러운 일일지도 모른다. 빠진 머리 몇 올을 부여잡고 흐느끼는 사람도 없지 않은데, 염색할 머리가 있다는 게 어디인가. 아직까지는.

○ 어느 60대 노부부 이야기

곱고 희던 그 손으로
넥타이를 매어 주던 때
어렴풋이 생각나오
여보 그때를 기억하오

세월은 그렇게 흘러
여기까지 왔는데
인생은 그렇게 흘러
황혼에 기우는데

다시 못 올 그 먼 길을

어찌 혼자 가려 하오
여기 날 홀로 두고
여보 왜 한마디 말이 없소
여보 안녕히 잘 가시게

〈어느 60대 노부부 이야기〉는 가수 김목경이 영국 유학시절 어느 노부부를 보고 작사·작곡한 노래다. 그는 '한국 블루스의 대가'라는 평가에도 불구하고, 국내에서의 인지도는 오히려 낮다. 그런 까닭에, 이 노래도 김광석이 만들고 히트한 것으로 아는 사람이 많다.

노래의 내레이터는 어느 60대 할배다. 갓 숨을 거둔 할매를 앞에 두고 지금껏 함께 나눈 시간을 추억한다. 신혼시절에는 출근길 넥타이를 매어 주고, 막내아들 대학시험 때는 불안과 초조 속에 뜬눈으로 하얗게 밤을 지새우기도 한다. 큰딸 결혼식 때 함께 눈물을 흘렸고, 세월이 흘러 모두들 떠나갈 때 우린 헤어지지 말자며 손을 꼭 잡던 기억도 새록새록하다.

엊저녁, 몇몇 지인들이 모여 신년회를 가졌다. 새해

로 접어든 지 열흘이나 지났으나 모처럼의 만남은 차라리 반가움을 더했다. 약속한 장소까지는 지하철로 40여 분이 걸린다. 무료한 시간을 때우기 위해 페이스북을 열었다. 누군지 모르는 페북 친구가 어느 택시기사의 이야기를 전하고 있었다.

택시에 탔더니, 누군가 조수석에 자리를 차지하고 있다. 목적지가 비슷한 손님과 동승한 것이려니 했는데, 조수석 뒷면에 손글씨로 큼직하게 쓴 안내문이 붙어 있다. 거기에는 '앞자리에 앉은 사람은 제 아내입니다. 알츠하이머(치매)를 앓고 있는 제 아내입니다. 양해를 구합니다'는 내용이다. 글씨를 쓴 사람은 택시기사였고, 그는 치매 걸린 아내를 집에 혼자 둘 수 없어 조수석에 싣고 다니며 손님을 맞는 터였다.

택시를 타고 가는 내내 그는 아내에게 말을 걸었고, 일부러 뭔가 많은 말을 시키는 것 같았다. 사탕을 달라는 아내에게 사탕을 건넸더니, 도중에 아내가 또 사탕을 달라고 조른다. 그러자 기사가 "아까 줬는데… 아, 그래 그래. 여기 있어. 맛있게 먹어"라면서 아내를 달랜다. 이따금씩 기사가 콧노래를 들려주기도 하고, 아내에게 뭔가 물어보기도 했다. 기사가 "집에 빨래를 널고 나올걸. 당신이 널 수 있겠어?"라고 했더니, 아내는 "싫어. 난 그런 거 안 해!"라며 어리광을 부리기도 했다.

내가 목적지에 도착하자 벌써 너댓 명이 먼저 자리를 잡고 있었다. 그 가운데는 40년 동안 이곳저곳 문화회관의 무대감독 일을 해 왔던 분도 자리를 함께 했다. 그는 오는 3월에 61세의 정년을 앞두고 있으며, 요즘 새로운 일자리를 알아보고 있는 중이라고 했다. 그러면서 그간 자신에게 일어났던 일을 이야기했는데, 공교롭게도 아내가 치매에 걸렸다는 것이었다. 밖에 나갔던 아내가 집을 못 찾아 동네 마트 앞에서 서성거리는가 하면, 집에 오면 방문 뒤에 웅크리고 숨어 있기도 하고, 출근하고 나면 시시때때로 전화를 걸어와 한시라도 안심을 할 수 없다는 것이었다.

젊은 시절, 집안 맏며느리로 들어와 소처럼 일했던 아내, 그래도 시가에서 제대로 된 대접 한 번 못 받은 아내, 대접은커녕 식구들로부터 따뜻한 위로의 말 한마디 듣지 못했던 아내. 그런데 남편은 매일같이 공연이다 뭐다 해서 밤늦게 들어오고, 여자가 이것도 제대로 못 하냐며 짜증을 내고 타박한 일들이 마치 파노라마처럼 생생하게 스치고 지나간다는 것이었다. 연민과 동정, 후회와 반성을 하지 않을 수 없다는 것이었다.

따지고 보면, 그런 마음이 없는 남정네가 어디 있을까? 한 이불 속에서 몸 비비고 살아온 지 20년, 어렴풋이나마 나도 그런 마음을 갖고 있다. 20년 더 살면 철이 좀 더 들겠지. 그리고 20년을 더 살게 되면 마침내 확철대오(廓徹大悟)의 경지에 오를 테지.

○ 부라보콘

열두 시에 만나요 부라보콘
둘이서 만나요 부라보콘
살짝쿵 데이트
해태 부라보콘

부라보콘은 1970년 해태제과에서 처음 나온 아이스콘이다. 어릴 적 흑백 TV를 볼라치면, 12시에 용두산공원에서 만난 처녀총각이 부라보콘을 핥아먹으며 사랑을 나누고 있었다. 아이스콘을 받쳐 든 연인의 얼굴은 티 없이 맑았고, CM송은 달콤했다.

우리 집 3남 1녀 중 장남인 큰형은 언제나 똑똑하

고 반듯한 모범생이었고, 공부면 공부, 그림이면 그림, 축구면 축구… 못하는 게 없을 정도로 많은 재능을 타고났다. 그런 까닭에 큰형은 언제나 우리 집 대표선수였고, 엄마 또한 대견한 아들을 항용 신줏단지 모시듯 했다. 큰형이 총명하다는 소문은 이내 동네방네 퍼져나갔고, 서너 살이나 많은 동네 형들로부터 금세 그들과 동급으로 인정받았다.

큰형이 동네에서 범털로 인지도를 한껏 높여갈 때 작은형과 나의 존재는 고만고만한 깃털에 불과했다. 동네 사람들이 엄마를 부를 때도 큰형 이름을 따서 ○○엄마라고 불렀고, 우리는 ○○동생이라 해야 겨우 고개를 끄덕여 줄 정도였으니까. 큰형과 달리, 동생들은 집안에서도 제대로 대접을 못 받았다. 명절 때 세뱃돈 액수가 달랐고, 큰형에게 사 준 옷은 으레 작은형에게 물려지고, 그것은 다시 내게 물려졌다. 더 이상 물려줄 곳이 없었던 나는 늘 물려받은 옷이 닳아빠지도록 입어야 했다.

본디 동네 이름이 유풍도(有風島)라 그랬을까? 동네 형들이 대체로 헛바람기가 좀 있었다. 아들이 그들과 어울리는 것을 마뜩잖게 여겼던 엄마는 큰형이 초등학교를 졸업하기도 전에 대처(大處) 양정으로 유학을 보냈다. 고래가 망망대해(茫茫大海)를 헤엄치듯 범털은 골짜기 깊은 산속을 누벼야 하니까! 그러나 아직 어린 나이에 집을 떠나야 했던 큰형은 결코 만만한 생활이 아니었으리라. 우연히 훔쳐 본 일기가 그렇게 말하고 있었다.

'자욱한 먼지를 일으키던 버스가 헐떡이며 고개를 넘어오고 있었다. 버스는 얼마 지나지 않아 내 앞에 멈추었다. 한 입에 나를 꿀꺽 삼킨 버스는 다음 정류소에서 나를 토해 낼 거다. 다시 두어 차례 다른 버스로 갈아타면 마침내 이모집에 도착할 거다. 나는 버스에 오르기 싫었다. 엄마와 헤어지기 싫었다.'

가끔씩 큰형이 집에 올라치면, 촌티 나는 동생들에게 나누어 줄 선물을 한 아름 사 왔다. 그간에 아껴 모은 용돈과 맞바꾼 것이리라. 박수동의 울퉁불퉁한 고인돌 만화가 실린 어린이 월간지 『어깨동무』, 새콤달콤한 환타, 맛동산이나 새우깡 같은 것이었다. 어쩌다 동생들이 큰형을 만나러 대처로 나갈 기회도 있었다. 맨 처음 큰형이 동생들을 데려간 곳은 초읍의 어린이회관이었다.

'어린이회관? 그렇다면 어린이들이 여기에 모여 회의를 하는 곳이란 말이지? 커다란 방에서 내 또래 아이들이 넓다란 책상 앞에 빙 둘러앉아 심각한 표정으로 무슨 이야기를 나눈다는 것이지? 누가 내게 말을 시키면 어떡하지? 내가 무엇을 말할 수 있지?'

그런 한편으로 '역시 도회지라 뭔가 다르기는 다르구나. 아이들이 회의를 하다니….' 나는 곧장 주눅이 들었다. 어린이회관이 있는 곳까지 걸어가는 도중에 나는 연신 두리번거렸다. 누가 나에게 말을 걸어오면 어쩌지? 아무 말도 준비하지 않았는데…. 다행히 어린이회관까지 갔으나, 누구도 내게 말을 걸지 않았다. 나는 가슴을 쓸어내렸다. 하마터면 큰일 날 뻔했다.

우리는 어린이회관을 나왔다. 여기저기 오똑하니 서 있는 간이매점, 모이를 줍다가 화들짝 날아오르는 비둘기, 하늘 높이 떠 있는 풍선 따위가 눈에 들어왔고, 재잘거리는 아이들의 웃음소리와 고함소리가 비로소 들려오기 시작했다.

그날 큰형은 어린 동생들에게 부라보콘을 하나씩 사 주었다. 촌에서는 뭉툭한 모양의 아이스케키밖에 없는데, 이리도 요상하게 생긴 얼음과자가 다 있다니. 난생처음 먹어보는 것이기도 하려니와 난생처음 느껴보는 맛이기도 했다. 우리는 희디흰 아이스콘 입자를 입술에 묻혀 가며 먹었다. 아껴 가며 핥았다. 부드럽고 달콤한 부라보콘은 여지껏 촌에서 먹던 아이스케키와는 가위 비견될 수 없었다.

'역시 도회지에는 맛있는 게 참 많기도 하다'고 여기며, 나도 엄마한테 졸라서 어서 대처로 나와야겠다고 생각했다. 요컨대 부라보콘을 핥아먹으며, 출세(出世)에 대한 욕망을 난생처음 느꼈다.

○ 즐거운 나의 집

즐거운 곳에서는 날 오라 하여도
내 쉴 곳은 작은 집 내 집뿐이리
내 나라 내 기쁨 길이 쉴 곳도
꽃 피고 새 우는 내 집뿐이리
오 사랑 나의 집
즐거운 나의 벗 내 집뿐이리.

"대리석 궁전에 사는 꿈을 꾸었네"(Michael William Balfe, I dreamt I dwelt in marble halls, 1843)라며 거대하고 화려한 세계를 갈망하는 이가 있는가 하면, "아무리 초라해도 내 집과 같은 곳은 없네"라며 소박한 삶을 동경하는 사람도 없지 않다.

사람들은 대체로 전자의 경우를 욕망하겠으나, 드물게 후자를 택한 이가 바로 미국의 극작가 존 하워드 페인(John Haward Payne, 1771~1852)이다. 그가 쓴「즐거운 나의 집」(Home, sweet home, 1823)은 곧바로 영국 작곡가 헨리 비숍(Henry Bishop)에 의해 선율이 붙여졌고, 머잖아 세계인들의 애창곡이 되었다. 한국에서는 김재인이 옮긴 노랫말로 널리 알려졌다.

돈과 권력, 명예가 아무리 귀하고 높으며 사랑스럽다 하더라도 오직 가정만이 진정한 행복을 가져다 준다는, 다분히 통속적인 내용이다. 따뜻하고 정답고 행복한 노랫말과는 달리, 정작 이 노랫말을 썼던 페인의 삶은 전혀 딴판이었다. 그는 열세 살에 어머니를 잃었다. 얼마 뒤 아버지마저 세상을 떠나자 가족은 사방으로 뿔뿔이 흩어졌다. 그때부터 그는 집도 절도 없이 떠돌이 생활을 시작했다. 고향을 떠나 프랑스·알제리 등지를 방랑하며 지냈다.

어느 추운 겨울날, 페인이 파리의 한 낯선 거리를 걷고 있었다. 추위와 배고픔을 견디며 거닐던 중 유리

창 너머의 한 가정에 식구들이 둘러앉아 평화로운 저녁을 맞고 있었다. '나에게도 저런 가정이 있다면…' 그는 남의 나라 알제리에서 자신의 고향과 행복한 가정을 그리워하며 쓸쓸하게 삶을 마감했다. 평생 독신이었다.

나도 페인처럼 오랫동안 뜨내기 삶을 살았다. 광안리 2층 전셋집에 신접살림을 차렸다가 얼마 후 대저 본가로 들어갔다. 행랑채에 얹혀 한 3년 살았을까? '부자간(父子間) 같이 살면, 머잖아 남편에게 액이 들이닥칠 것이다'는 신내림 받은 어느 점바치 이야기에 귀가 솔깃해진 엄마가 행랑채 자식 부부를 하단(下端)으로 친히 내보냈다. 때마침 동네 도로확장 공사로 우리집 땅뙈기가 일부 수용되었고, 그 땅값으로 마련된 전세금까지 아낌없이 쥐어 주면서.

우리는 전세금을 고이고이 모셔가며, 하단에서 당리로, 당리에서 또 당리로 몇 차례 전셋집을 옮겨 다녔다. 50줄이 다 돼서야 겨우 아파트를 하나 장만할 수 있었는데, 급전이 필요했던 집주인이 싼값에 아파트를 급매물로 내놓은 덕분이었다. 물론 은행에서 상당 액수의 대출을 받지 않을 수 없었지만.

무릇 세상의 큰 인물이 되려면, 집을 나서야 한다. 예수가 그랬고, 석가가 그랬다. 공자도 그랬고, 마호메트도 그랬다. 그러나 나는 집을 떠날 수 없다. 이 엄동설한에 갈 곳도 없으려니와 집 떠나면 고생이라는 사실을 누구보다 잘 알기 때문이다. 그래서 나는 내 집을 지키리. 오! 사랑 나의 집, 만만찮은 대출금 즐거운 나의 집. 내 집 지키리.

○ 졸업식 노래

빛나는 졸업장을 타신 언니께
꽃다발을 한 아름 선사합니다
물려받은 책으로 공부 잘 하며
우리는 언니 뒤를 따르렵니다

잘 있거라 아우들아 정든 교실아
선생님 저희들은 물러갑니다
부지런히 더 배우고 얼른 자라서
새 나라의 새 일꾼이 되겠습니다

앞에서 끌어주고 뒤에서 밀며

우리나라 짊어지고 나갈 우리들
냇물이 바다에서 서로 만나듯
우리들도 이 다음에 다시 만나세

윤석중의 노랫말에 옥천 출신의 동요작곡가 정순철(鄭淳哲, 1901~1950 납북)이 선율을 얹은 〈졸업식 노래〉(1946)는 그 옛날 초등학교 졸업식에서 빠지지 않는 필수 레퍼토리다. 제비 새끼같이 재잘거리는 아이들의 목소리에 잘 어울리는 노래이기도 하다.

1946년 문교부에 의해 제정된 이 노래는 샵(#)이나 플랫(♭)이 하나도 붙지 않은 다장조(C)로 독보(讀譜)의 어려움이 없다. 더구나 4/4박자 총 16마디 가운데 무려 12마디가 똑같은 리듬(♩. ♪ ♩ ♩)으로 반복된다. 노래하기 어렵지 않다는 말이다. 또한 3절의 장절형식(章節形式)으로 구성된 이 노래는 1절은 재학생, 2절은 졸업생, 그리고 3절은 재학생과 졸업생이 다 함께 부르도록 꾸며져 있다.

해마다 이맘때 불렀던 〈졸업식 노래〉는 정들었던 학교와 학우 간의 헤어짐, 이별의 섭섭함과 애틋함이

곳곳에 묻어난다. "냇물이 바다에서 다시 만나듯"에 이르면, 누가 먼저랄 것도 없이 여기저기서 훌쩍이는 소리가 들려오고 마침내 선생님들도 손수건으로 남몰래 눈가를 찍어내곤 했다.

바야흐로 졸업 시즌이다. 이미 졸업식을 했거나, 곧 해야 할 학교도 있다. 우리 집에는 여식 셋 중에 둘이 졸업식을 가졌다. 하나는 중학교, 하나는 초등학교 졸업이다. 중학교 졸업생은 차녀 '따봉'이다. '따봉'(Tá bom)이란 포르투갈 말로 '아주 좋다'는 뜻인데, 본명은 '다봄'이다. 봄에 낳았기 때문이기도 하려니와, 사실은 '다 본다'의 명사형으로 여기, 저기, 거기를 두루 살필 줄 아는 통찰력을 갖고 세상을 살아가라는 애비의 속 깊은 뜻이 담겨 있다.

초등학교 졸업생은 '탱자'라 불리는 막내 여식이다. 하는 짓거리마다 '탱자탱자' 한다는 데서 붙여진 이름이다. 그녀의 본명은 '다여름'인데, 여름에 태어났기 때문이기도 하려니와 기실 '사방천지 모두가 다 열매'라는 뜻으로 풍요로운 삶이기를 바라는 애비의 심오한 마음이 반영된 것이다. '여름'은 '열매'라는 옛말에서 따왔다. 바로 "곶 됴코 여름 하나니"(꽃이 만발하고 열매가 풍성하다)에서 비롯된 것이다. 한편으로는 이제 셋이나 낳았으니, 더 이상 열매 맺을 필요가 없다. '끝순이', 혹은 '말자'(末子)로써 이제 판을 접겠다는 우리 내외의 고뇌에 찬 결단이 녹아 있는 이름이기도 하다.

아무튼 큰딸 졸업 때도 그러했지만, 동생들은 언니의 뒤를 한 치의 어긋남 없이, 착실히 따랐다. 남달리 받은 상이 없었으므로 상장이나 상품, 혹은 상금 같은 것이 있을 리 만무하다. '빛나는 졸업장'이 어찌 빛나지 않을 수 있으랴.

그러나 보라! 삶이란 것도 결국 한 조각 구름이 아니던가? 초등학교를 졸업하면 중학교를 졸업하게 되고, 중학교를 졸업하고 나면 고등학교를 졸업하게 되지. 그리고 고등학교를 졸업하고 나면, 머잖아 대학도 졸업하겠지. 어쩌다 우물쭈물하다 보면, 마침내 인생도 졸업하고 말겠지.

○ 편지

말없이 건네주고 달아난 차가운 손
가슴속 울려주는 눈물 젖은 편지
하이얀 종이 위에 곱게 써 내려간
너의 진실 알아내곤 난 그만 울어 버렸네
멍 뚫린 내 가슴에 서러움이 물들면
떠나 버린 너에게 사랑 노래를 보낸다

임창제가 작사 · 작곡한 〈편지〉(1973)는 이수영 · 임창제의 포크 듀엣 '어니언스'가 불러 히트했다. 서정적인 멜로디와 남성 듀엣의 화음이 돋보인다. '어니언스'(Onions)는 '양파들'이라는 뜻인데, '아무리 벗겨도 양파 그대로'라는 의미다.

나는 초등학생 시절에 이 노래를 처음 들었다. 벌써 45년이라는 긴 세월이 감쪽같이 지났다. 당시 외삼촌은 교육대학에 다니고 있었고, 학교 근방 단칸방에서 자취를 하는 중이었다. 외가는 살림살이가 여의치 않았으나, 대처에서 공부하는 아들을 위해 외할매가 가끔씩 밑반찬이나 해조류 따위를 부려놓고 가곤 했다.

외삼촌의 단칸방에서 하루를 묵던 날, 그는 옥상에 올라가 장독에서 된장이며 고추장을 떠다 저녁을 준비했다. 나는 '집에 얹혀살면 끼니 때마다 밥상을 받고 살 수 있는 건데, 외삼촌은 혼자라서 밥상도 직접 차려야 하는구나' 생각했다. 그러나 힘들다기보다 오히려 재미있겠다는 생각이 먼저 들었다. 뭐든 먹고 싶은 것 다 해 먹을 수 있을 테니까.

라디오에서 〈편지〉가 흘러나왔다. 부드럽고 풋풋한 목소리였다. 음악을 좋아했던 외삼촌은 노래를 따라 부르거나, 이따금씩 콧소리로 흥얼거렸다. 요즘 대학생들이 좋아하는 노래구나. 그런데 대체 무슨 사연이 있었길래 눈물에 편지까지 다 젖었을까, 울어 버릴 만큼의 진실이란 게 도대체 무엇일까?

내가 대학에 다닐 때만 해도 편지를 주고받는 일이 많았다. 만년필로 꾹꾹 눌러 쓴 편지를 봉투에 넣고 입을 닫는다. 봉투 앞면에는 받을 사람, 반대편에는 보내는 사람의 주소와 이름을 각각 나눠서 쓴다. 그런 다음, 봉투 앞면 오른쪽 상단에 침을 묻혀 우표를 붙이면, 서울 · 광주 · 대구 · 부산 · 대전… 배달이 안 되는 곳이 없었다.

편지는 보내는 기쁨도 기쁨이지만, 이에 못잖게 받는 즐거움도 컸다. 어디서 왔을까, 누가 보냈을까, 무슨 내용일까? 편지에는 느림과 기다림, 설렘과 떨림의 미학이 있다. 마치 밥이 다 된 뒤에도 뜸을 들여야 하는 시간이 필요하듯이.

인류 문명의 눈부신 발달은 편리함과 안락함을 우리에게 허락했다. 그런 한편 문명의 발달은 도리어 우리의 삶을 바쁘게 만들고, 여유나 낭만 같은 소박한 아름다움까지 잃게 만들었다. 더 이상 '에메랄드빛 하늘이 환히 내다뵈는 우체국 창문 앞에서 너에게 편지를' (유치환, 「행복」) 쓸 일이 없고, '옛사랑이 살던 집을 두근

거리며 쳐다보듯이 바다가 보이는 언덕 위'(안도현, 「바닷가 우체국」)의 우체국을 바라볼 까닭도 없다.

편지는 무슨! 메일도 있고, 문자메시지도 있고, 카톡도 있지 않는가? 편지 보내는 사람이 없는데, 굳이 우체통이 무에 필요할 것인가. 이제 빨간 우체통마저 기억의 저편으로 사라져 가고 있으니, 어찌 기다림과 설렘이 있을 수 있으리오?

그럼에도 불구하고, 우리 집 우편함에는 간간이 편지가 날아든다. 예컨대 지방세 납부, 자동차세 연납, 속도위반 과태료, 신용카드 고지서 따위가 그것이다. 편지는 어김이 없고, 빈틈도 없다. 게다가 친절하기까지 하다.

○ 원티드

당신은 내가 멀리해야 할 남자죠
하지만 괜찮아요
당신은 알아요 당신은 부정하지 않는다는 걸
내가 치러야 할 대가란 것에
하지만 괜찮아요
이유는 당신의 입술은 꿀처럼 달콤할지라도
당신의 마음은 단단한 돌로 된 것 같아요
한 번 보고 당신은 내게서 도망쳤어요
당신이 홀로 고독해지면 날 보러 오리라 믿어요

영국의 가족보컬 둘리스(The Dooleys)의 〈원티드〉(Wanted). 1979년에 발표된 팝송으로 폭발적인 인기를 끌었던 1980년대, 한국에서 공연을 가진 적도 있다. 강렬한 비트에 탄력적인 목소리. "여니 까니 까나니 까니 키퍼웨이~"는 여전히 내 마음속에서 살아 꿈틀댄다.

내가 이 노래를 처음 들은 것은 대학입시를 치른 날 밤이었다. 교문 밖에서 시험 끝나기를 기다리던 큰형과 작은형은 나를 냉큼 낚아채서 시내 번화가로 이끌었다. 당시 큰형은 대학 3학년, 작은형은 겨우 대학 1년생이었다. 시험을 잘 치렀는지는 그다지 중요하지 않았다. 오직 시험을 쳤다는 사실 자체만으로 나는 형들로부터 과분한 영접을 받았다.

형들이 나를 이끈 곳은 서면 천우장 근처였다. 천우장은 갈비와 냉면을 전문으로 하는 음식점이었는데, 당시 '천우장'이라 하면 누구나 알 수 있을 만큼 명성이 드높았다. 더욱이 '천우장 앞'은 남포동 '미화당 백화점 앞'과 쌍벽을 이루었고, 친구나 연인의 약속 장소 1, 2위를 다투던 곳이기도 했다.

1983년 겨울, 서면은 가위 젊음의 물결이 넘실거렸고, 향락의 꽃은 이미 흐드러지게 피어 있었다. 하늘 높이 치솟은 빌딩, 휘황찬란한 네온사인, 출렁이는 거리의 인파…. 아, 여기가 바로 천국이로구나. 말로만 듣던 나이트클럽, 즐비한 클럽마다 왁자지껄한 음악소리가 벌써부터 밖으로 방출되고 있었다. 으레 클럽 앞에는 정장 유니폼을 입은 삐끼들이 앞다퉈 호객행위를 벌였다.

백악관, 바덴바덴, 하버드…. 어디로 갈까? 아무래도 백악관은 미국 대통령 집무실이라 절차가 까다로울 것 같았고, 하버드는 커트라인이 너무 높아 보였다. 가장 문턱이 낮은 곳은 역시 바덴바덴이다. 저녁을 해치운 우리는 한 치의 망설임 없이 바덴바덴으로 입성했다.

드넓은 공간에는 수많은 테이블이 세팅되어 있었다. 테이블마다 둘러앉은 무리, 무리들. 청바지를 껴 입은 청춘들이 내뿜는 자욱한 담배연기, 연신 피어오르는 맥주잔의 거품들. 말소리와 웃음소리에 버무려진 음악소리. 진두지휘하는 교장(DJ), 그 아래에서 몇 다발의 춤추는 무리가 보였다.

작은형이 말했다.

"대학생이 되면 춤도 추고, 술도 마실 줄 알아야 된다 안 카나!"

그러면서 능숙한 솜씨로 웨이터를 불러 맥주를 주문했다. 아, 나이트클럽에 입문함으로써 이제 나도 대학생이 되는구나. 비로소 어른이 된다는 말이지? 나는 큰형과 작은형이 잇따라 따라 주는 맥주를 숨 돌릴 틈도 없이 마셔댔다. 비 온 뒤에 땅이 굳듯이 형제들의 결속력은 맥주잔이 오가는 만큼 굳건해지고 있었다.

우리는 비틀거리는 몸짓으로 무대 앞으로 나아갔다. 그리고 우리는 "여니 까니 까나니 까니 키퍼웨이~"에 맞춰 온몸을 불살랐다. 대학생이 되기 전에, 어른이 되기 전에 벌써 화류춘몽(花柳春夢)의 달콤함을 알게 되었다.

○ 나 홀로 길을 가네

나 홀로 길을 가네
안개 속을 지나 자갈길을 걸어가네
밤은 고요하고 황야는 신께 귀 기울이고
별들은 서로 이야기를 나누네

하늘의 모든 것은 장엄하고 경이로우며
대지는 창백한 푸름 속에 잠들어 있네
왜 나는 이토록 아프고 괴로운가?
무엇을 후회하고 무엇을 기다리는가?

아, 삶 속에서 더 이상을 바라지 않고

지나가 버린 날 아쉬움을 느끼지 않네
나는 자유와 평온을 구하고 싶네
이제 내 자신을 찾기 위해 잠들고 싶다네

독일의 쥐스킨트(P. Süskind, 1949~)는 독특한 사람이다. 『콘트라베이스』·『향수』·『깊이에의 강요』 등의 베스트셀러를 잇따라 발표하고, 마침내 작가로서 입지를 굳건히 구축했지만, 마치 그는 은둔자처럼 살고 있기 때문이다. 모든 문학상 수상을 거부하고 언론사와의 인터뷰나 사진 찍히는 일조차 일절 관심이 없다. 오직 자신의 작품을 통해서만 독자와 소통하고 있을 뿐이다.

그러한 삶의 태도는 그의 『좀머 씨 이야기』에 나오는 주인공 좀머 씨와 매우 흡사하다. 좀머 씨는 끊임없이 걷는다. 그는 한시도 자신을 그냥 내버려 두지 않고 걸음을 재촉한다. 멈출 줄을 모른다. 그러나 좀머 씨가 왜 걷는 일에만 몰두하는지 아무도 그 이유를 알지 못한다. 다만 사람들은 그가 "나를 제발 좀 그냥 놔 두시오!"라고 외칠 만큼 세상이 자신을 내버려 두기를 간절히 원했던, 그리고 고독한 삶을 살다 간 사람 정도로만 알고 있을 뿐이다.

그러고 보면, 누구나 길을 가는 존재지. 빨리 걷는 사람도 있고, 느리게 걷는 사람도 있지. 산길로 가는 사람도 있고, 들길로 가는 사람도 있지. 좁은 샛길로 가는 사람도 있고, 넓은 한길로 가는 사람도 있지. 둘러 가는 사람도 있고, 질러 가는 사람도 있지. 혼자 가는 사람도 있고, 여럿이 가는 사람도 있지. 누구나 길을 가지.

그러나 막다른 길목에 이르면 누구나 혼자라네. 누구나 홀로 길을 가야 한다네. 천지 간에 오직 혼자니까, 누구나 절대 고독의 존재이니까. 형제자매와 일가친척이 아무리 많다 한들 누가 죽음을 대신할 수 있으며, 그 누가 죽음과 동행할 수 있으랴.

우즈베키스탄 출신의 안나 게르만(A. German, 1938~1982)이 노래하는 〈나 홀로 길을 가네〉(Ja Vais Seul Sur Ia Route). 레르몬토프(Lermontov, 1814~1841)의 시에 의한 러시아 민요라네. 시인은 너무나 일찍 세상을 떠났지. 천부적인 재능을 타고난 이들은 유독 빨리 떠난다네. 천재가 아닌 까닭에, 나는 오늘도 길을 걷고 있다네.

○ 오빠는 풍각쟁이야

오빠는 풍각쟁이야, 머
오빠는 심술쟁이야, 머
난 몰라이 난 몰라이 내 반찬 다 뺏어 먹는 거 난 몰라
불고기 떡볶이는 혼자만 먹고
오이지 콩나물만 나한테 주구
오빠는 욕심쟁이 오빠는 심술쟁이
오빠는 깍쟁이야

오늘은 재미있는 노래 하나 들어볼까? 가수 박향림(朴響林, 1921~1946)이 부른 〈옵빠는 風角쟁이〉. 레

코드 황금시대였던 1938년 콜럼비아레코드에 취입한 노래로 일제시대 대표적인 만요(漫謠), 즉 코믹송이다. '박억별'이 본명인 그녀는 함경도 경성 출신으로 태평레코드를 통해 가수로 데뷔했다. 그 뒤 당대 메이저급 레코드사인 콜럼비아에 스카웃되었다.

노래 속의 오빠는 풍각쟁이다. 풍각쟁이는 시장 같은 곳을 돌아다니며 노래를 부르거나 악기를 연주하여 돈을 구걸하는 사람을 얕잡아 일컫는 말이다. 여기서는 풍류를 아는 모던 보이(modern boy)를 의미하는 듯하다. 어쩌면 룸펜이거나 백수인지도 모르겠다. 게다가 오빠는 욕심쟁이에, 심술쟁이고, 깍쟁이다. 나아가 트집쟁이에다, 핑계쟁이요, 대포쟁이기도 하다. 요새도 이런 오빠 참 많다.

그런데 이 오빠가 어떤 오빠인지는 알 수 없다. 친오빠일 수도 있고, 옆집 오빠일 수도 있고, 아는 오빠일 수도 있다. 그렇지만 이 오빠가 "비단구두 사가지고" 온다던 그 오빠나 "기도하는!" 용필이 오빠가 아닌 것만큼은 분명해 보인다. 그럼에도, 여동생은 그런 오빠가 영 싫지 않은 모양새다. 아니, 싫기는커녕 좋아서 안달이 다 날 지경이다. 요새도 이런 여동생 없지 않다.

○ 사쿠라

사쿠라 사쿠라
3월의 하늘은
보이는 곳마다
안개처럼 구름처럼
향기가 퍼진다
어서, 어서
보러 가자.

봄은 여울 물소리와 함께 오기도 하고, 버들잎의 가느다란 정맥(靜脈)을 타고 오기도 한다. 그렇지 않으면, 봄은 쭉 뻗은 고양이의 콧수염 끝에서 전해 오기도 하리라. 고양이의 털은 미인의 귀밑머리보다 가볍고 보드라우며, 호동그라니 투명한 눈알 속에는 여릿여릿 아지랑이가 피고 있다.

3월의 끝자락, 봄의 찬란한 풍경은 어디서나 볼 수 있다. 흐드러져 내린 연분홍 벚꽃이 사방 천지에 만발하다. "멧새, 참새, 때까치, 꾀꼬리, 꾀꼬리 새끼들이 조석(朝夕)으로 이 많은 기쁨을 대신 읊조리고, 수십만 마리의 꿀벌들이 왼종일 북 치고 소고 치고 마짓굿 울리는 소리"(서정주, 「상리과원(上里果園)」)도 낸다.

벚꽃은 일본말로 '사쿠라'(櫻, さくら)라 부른다. 그들의 나라꽃이다. 해마다 이맘때 생각나는 음악이 있다면, 단연 〈사쿠라〉를 꼽지 않을 수 없다. 에도시대(江戶時代, 1603~1867) 때부터 불린 일본의 전통민요다. 노래를 들어도 좋지만, 섬세한 울림을 가진 발현악기 고쟁(古箏)의 연주는 더욱 좋다. 마침내 흐드러졌던 사쿠라가 한순간 분분한 낙화(落花)가 되어 실로 삶의 무상함을 느끼게 하기 때문이다.

〈사쿠라〉는 일본의 나라꽃이자 일본의 민요이지만, 왠지 따스함과 친근감이 느껴진다. 제국주의의 지배를 받은 흰옷 입은 백성들, 그들의 핏줄을 타고난 내가 일본 민요에 친숙함을 느끼다니? 어쩌면, 나는 전생에 친일파였을까? 아니면, 광복군을 토벌하던 일본 순사가 아니었을까? 때때로 식민지 백성의 뜨거운 피가 용솟음칠 때도 없지 않으니, 어쩌면 대륙을 누비던 독립운동가였을지도 모를 일이다.

〈사쿠라〉는 일본 특유의 전통적인 5음음계로 이루어져 있다. 바로 미야코부시(都節, みやこぶし) 음계, 즉 '라 · 시 · 도 · 미 · 파'의 5음으로 쓰여졌다. 그런데 이 음계를 써서 만든 노래는 모두 왜색(倭色)이 확연히 드러난다. 대표적인 노래가 바로 〈황성옛터〉(왕평 시, 전수린 곡, 이애리수 노래, 1928)나 〈목포의 눈물〉(문일석 시, 손목인 곡, 이난영 노래, 1935)이다. '작곡 이전의 작곡 조건'이라는 말이 있듯이 미야코부시 음계(작곡 조건)로 음악을 만들면 한결같이 그런 색깔이 나기 마련이다.

예닐곱 살 쯤이었을까? 나는 학교에서 동요를 배웠지만, 우리 집과 일가는 여전히 일본식 트로트 문화의 자장(磁場) 속에 놓여 있었다. 집안에 큰 잔치가 벌어지면, 마당에 천막이 둘러쳐지거나, 안방에서 마루청까지 길다랗게 상(床)이 차려졌다. 그 위에는 온갖 산해진미에 진수성찬이 올려졌는데, 일가친척은 물론 어른 아이 할 것 없이 으레 상을 빙 둘러 자리를 잡았다.

술이 몇 순배 돌아가면, 누군가의 선창을 필두로 다들 유행가 한 자락씩을 뽑았다. 좌중은 어김없이 젓가락으로 상을 두드리며 박자를 맞췄다. 아부지도 두드렸고, 형들도 두드렸다. 삼촌도 두드렸고 이모도 두드렸다. 사돈도 두드렸고, 팔촌도 두드렸다. 시계방향이나 그 반대방향으로 돌아가며 노래를 불렀고, 아이라고 해서 자리에서 소외시키거나 정해진 순서를 건너뛰는 법이 없었다. 어른, 아이 할 것 없이 누구나 똑같이 한 자락씩을 노래한, 이른바 민주적인 노래문화가 꽃피던 시절이었다.

이때 불린 주요 레퍼토리가 바로 〈목포의 눈물〉, 〈황성옛터〉, 〈대지의 항구〉, 〈나그네 설움〉 같은 것이었다. 그러니까 일본적 음계로 만들어진 노래, 그런 노래문화에 익숙했던 유·소년기, 그래서 친숙하게 느껴졌던 〈사쿠라〉. 화류계 입문 30년 만에 겨우 그 이유를 깨달았다.

밖에는 여전히 벚꽃이 흐드러지게 피어 있다. 찬란한 벚꽃에 눈알이 다 시리다. 그러나 화무십일홍(花無十日紅)이라 했던가. 머잖아 바람이 불면, 흩날리는 꽃비의 처연함을 볼 수 있으리. 목련꽃 지면 벚꽃이 피고, 벚꽃이 지면 유채꽃 피리. 유채꽃이 진 자리엔 또 무슨 꽃이 피어날까?

○ 그네

세모시 옥색치마 금박 물린 저 댕기가
창공을 차고 나가 구름 속에 나부낀다
제비도 놀란 양 나래 쉬고 보더라

한 번 구르니 나무 끝에 아련하고
두 번을 거듭 차니 사바가 발 아래라
마음의 일만 근심을 바람에 실어가네

'금수현'(金守賢, 1919~1992) 하면, 으레 떠오르는 노래가 바로 〈그네〉(1947)다. 결이 고운 모시한복을 단아하게 차려입은 처녀가 평화롭게 그네 타는 풍경을 그린 가곡이다. 전통적인 3박자에 향토색이 짙은 이 노래는 이미 중 · 고교 교과서에도 실려 있고, 노래가 담긴 레코드만도 20여 종이나 되는 한국인의 대표적인 애창곡이다.

나는 생전에 금수현 선생을 몇 차례 만난 적이 있다. 고등학생 시절, 방학이 되면 나는 즐겨 친구의 고향에 놀러 갔다. 이순신 장군이 해전을 벌였다는 안골포(安骨浦) 언덕배기에는 아직 성터가 남아 있고, 그곳에서 동네 친구들과 어울려 소주를 마시는가 하면, 포터블에 〈섹시 뮤직〉이나 〈펑키타운〉을 걸어 놓고 흐드러지게 깨춤도 추었다.

가끔 우리는 〈그네〉 작곡가인 금수현 선생이 언덕 중턱에 지은 안골음악촌에 놀러 갔다. 음악촌은 열두어 개의 방으로 이루어져 있었고, 각각 조그마한 문패를 달고 길다랗게 늘어 서 있었는데, 가운데 방에 선생과 전혜금(全蕙金) 여사가 기거하고 있었다.

여름이 되면, 음악촌에는 으레 휴양과 음악연습을 위해 서울에서 유명인사들이 내려왔다. 기억나는 이로는 첼리스트 전봉초, 아나운서 차인태 등이었고, 그의 동생 금차현 씨의 방도 있었다. 선생은 이곳에서 "안골포 언덕에서 가덕도 바라보니, 바다가 호수인가 호수가 바다인가…"로 시작되는 〈안골포〉라는 가곡을 썼고, 오페라 〈장보고〉(張保皐)를 쓰고 있는 중이었다.

알고 보니, 나는 금수현 선생과 여러 점에서 인연이 깊었다. 첫째, 선생은 나와 출생지가 같다. 선생은 강서구 대저1동, 나는 대저2동이 고향이다. 둘째, 선생과 나는 같은 핏줄이다. 둘다 김녕 김씨 충의공파(金寧金氏 忠毅公派)로 선생은 26세손, 나는 28세손이다. 더욱이 우리는 하마터면 학교 동문이 될 뻔했다. 선생은 대저초등학교, 나는 대저중앙초등학교를 졸업한 터다. 요컨대 3연(지연 · 혈연 · 학연) 가운데 학연만 가까스로 비켜 간 인연이라고나 할까.

이런저런 연고로, 한때 나는 초창기 부산음악계의 개척자였던 그의 기념사업 계획을 꾸민 적이 있다. 금수현 음악상 제정, 금수현 챔버오케스트라 조직, 금수현 음악콩쿠르 및 금수현 창작편곡음악제 개최 등이 그것이다. 그러나 무모한 사업계획은 실현 가능성이 없었다. 금수현 앙상블(피아노3중주)조차 구성하기 어려운 까닭이었다.

그러던 것이, 최근 반가운 소식이 들려왔다. 내년 금수현 선생 탄생 100주년을 맞아 강서구 시민단체를 중심으로 기념공원 조성사업을 부산시에 요청하고 있다는 것이다. 대저1동 문화시설 용지에 기념관(자료실·공연장)이 포함된 금수현 기념공원을 조성하고, 기존의 금수현 생가, 〈그네〉 노래비, 30리 벚꽃길, 대저생태공원 유채꽃밭, 낙동강변으로 이어지는 문화관광 코스 개발을 제안해 왔기 때문이다.

만시지탄(晩時之歎)이 있지만, 퍽 다행스런 일이 아닐 수 없다. 그것은 국제음악당, 국제음악제, 국제음악콩쿠르, 기념공원, 기념관 등 통영시의 윤이상 선생 기념사업과 크게 대비되는 까닭이다. 부디 금수현 기념공원 조성사업이 제대로 이루어져 상대적으로 척박한 서부산권에 마침내 문화의 물결이 넘실거릴 수 있기를 기대해 마지않는다.

예술문화총서 10

잃어버린 콩나물을 찾아서

김창욱 음악에세이

초판 1쇄 발행 2023년 5월 10일

지은이 김창욱
펴낸이 권경옥
펴낸곳 해피북미디어
등록 2009년 9월 25일 제2017-000001호
주소 부산광역시 동래구 우장춘로68번길 22
전화 051-555-9684 | 팩스 051-507-7543
전자우편 bookskko@gmail.com

ISBN 978-89-98079-72-7 03810

* 책값은 뒤표지에 있습니다.
* 잘못된 책은 구입하신 곳에서 교환해드립니다.
* 본 도서는 2023년 부산광역시, 부산문화재단 '부산문화예술지원사업'으로 지원을 받았습니다.